实力作家精选

不可不读的精品散文

精心策划

图上的故乡

手指从地图上滑过，指腹轻轻抚摩那一个个熟悉不熟悉的地名，如同抚摩一张张亲人的脸。刹那间，它们都如同干木耳，被我湿润的眼睛发开。

张锐强◎著

知识出版社

图书在版编目(CIP)数据

图上的故乡/张锐强著. —北京:知识出版社,
2011.9
ISBN 978 - 7 - 5015 - 6286 - 2

Ⅰ.①图… Ⅱ.①张… Ⅲ.①散文集—中国—当代
Ⅳ.①I267

中国版本图书馆 CIP 数据核字(2011)第 181162 号

策　　划　　刘　嘉
策划编辑　　马　强
责任编辑　　张　磐
责任印制　　李宝丰
封面设计　　晴晨工作室

知识出版社出版发行
地　　址　　北京市西城区阜成门北大街 17 号
邮政编码　　100037
电　　话　　010 - 88390732
网　　址　　http://www.ecph.com.cn
印 刷 厂　　三河市兴达印务有限公司
开　　本　　1/16
印　　张　　13.5
字　　数　　180 千字
印　　次　　2011 年 10 月第 1 版　　2024 年 6 月第 3 次印刷

ISBN 978 - 7 - 5015 - 6286 - 2　　定价:58.00 元

目　录

第一辑　故乡,我的故乡

第二辑　一滴水里的阳光

第三辑　浮世绘

第四辑　史　记

第五辑　书房呓语

第一辑

故乡，我的故乡

图上的故乡

　　故——乡。g——u——gu，x——i——ang——xiang。多么好听的名字。清脆悦耳。拆分开来，不过一个个平凡的声母韵母，但组合起来，轻轻滑过舌间与齿缝时，便顷刻间天翻地覆。武士变成文人，莽汉变成君子，妇人变成少女，老人变成顽童，爷爷变成孙子。即便对于功成名就的三齐王韩信，肯定也不止胯下之辱。更多的，只怕还是漂母的几饭之恩吧。夜深人静独对孤灯时，我经常这样潜意识地在心中默念。假装自己还是课堂上的学童，这依旧是童年时期的一种游戏。当然，不能像那时那样书声琅琅，否则会惊醒内心深处早已熟睡的往事。

　　然而那种无比美妙的感觉，如今已经成为渐行渐远的记忆。因为，我的故乡已经老死，如同未曾谋面的爷爷。

　　我是突然之间失去故乡的。缘于一个偶然的发现。我随意回回头，想看看来时的路，结果悲哀地发现，自己早已形同从石头缝里蹦出来的野孩子。没有血统，没有来历。

　　那是一次初夏的旅程。我兴冲冲地回到故乡时，却发现自己没带上夏衣。多年漂泊，已经磨去对故乡气候的印象。我不是归人，而是过客。随后几天，还有更多令人心痛的发现。它们表面上个个珠圆玉润顺理成章，却都带着暗刺，一不小心便会让我表面上若无其事的神经受伤。父亲已经老了，总是下意识地念叨眼睛不好使；老屋已经倾颓，后墙一角坍塌下来，站在屋里能看到后面的山；哥哥生活窘迫，依旧为全家的口粮四处奔波；妹妹除夕夜晚摔断大腿，手术费搭去了他们全年的收入；

学校模样大变，当初念书的教室准备改成图书馆，寝室已经拆除。问问老师，有些仙去，有些不知所终；曾经爱我的人看着我，神情带着成熟的冷漠背景，热情而有分寸；我曾经爱过的人下落不明，如同什么都不曾发生；那条我和某位不知道名字的女孩儿的鞋底共同将其擦亮磨光的小巷街道，如今是风驰电掣的快车道，一副全国人民都很熟悉的模样。笔直，宽阔，豪华，仿佛已经作好准备，可以随时接待永远也不会光顾的外国总统的检阅。几口池塘，过去村里每年秋季都要组织村民放尽水，担走塘泥，然后重新蓄水。一来可以给田地施肥，二来也能净化水质，这样才能有我们夏天的无数欢乐。自从包产到户，这项活动无人组织，池塘随即成为一潭死水。如今水质高度富氧化，只能勉强维持洗涤衣物的功能。

我知道自己无权指责它们的改变。那都是岁月重压造成的裂缝，都是不可逆的化学变化。如同自己眼角的皱纹，以及快要一步一个脚印的丰硕身材。有一首歌不停地在耳边发问，许多年以后，能不能接受彼此的改变？我的答案只有两个字。不能。隋朝时宇文恺起初规划建设长安，普遍采取了宽马路，后来其弊端逐渐显现，于是规划洛阳时就吸取这个教训，道路宽度普遍缩减。正是因为有了这个认识，宋朝的东京汴梁城才能慢慢形成商业街，才能有《清明上河图》中的繁盛。我无法理解，1000多年之后，我的故乡为何还效仿无数个别人的故乡，重走那样的弯路。它那么平坦光滑，我的记忆如何附着？即便有一天梦里回去，它的豪华奢侈也会将我惊醒。

当局长的同学策划的聚会一拖再拖，最终也未能实现。这结果其实挺好。不会再有更多的意外，灼痛游子渴念的眼睛。

于是不再怀念故乡。我得适应石头缝里蹦出来的野孩子的生活。我要运功疗伤，自舔伤口，炼就百毒莫侵的金刚不坏之身，达到铁石心肠的段位。这个努力一直很成功，直到那天看到一幅发黄的地图。

　　那是修订版乡志中间的插图。儿子在客厅看动画片，声音很大而我却浑然不觉，只在旁边翻看乡志，如同翻看自己的旧照片。干涸的心灵变得湿润，河水慢慢涌到眼底。我惭愧地发现，自己对故乡的了解远远不如他乡。平昌，这个颇有意味的地名，在我离开故乡多年之后，竟然比那时更近，而且近很多很多。那时的同桌，更兼好友与对手，经常对我提起这个地名。他表妹在那里读书。我嫉妒他能用倒扑杀我一大块棋，嫉妒他回答物理问题比我更敏捷，更嫉妒他有个经常通信的表妹。那些信我基本上都看过。但尽管如此，当他决定转学去那里时，我还是感觉不舍。当然，不舍背后还有对他们在那里会师的嫉妒。我嫉妒他，但更喜欢他。有实力的正派对手总是令人尊敬，令人怀念。那时我想，平昌，多远啊。果然，从那以后便再没见过他，遑论其神秘的表妹。他好吗？他们有结果吗？这些问题，都被遥远的距离阻隔。但是今天才知道，它并不遥远，和我曾经的故乡董家河，过去现在都在同一个县，在地图上不过一指之隔，眼神只消稍稍一挪，便能走到那里。过去我不了解它们，也根本不想了解。仰天大笑出门去，我辈岂是蓬蒿人。那时的它们，早已被学子的雄心壮志抛弃在脑后。可是如今又如何呢？我曾经豪情万丈，归来却空空的行囊。

　　手指从地图上滑过，指腹轻轻抚摩那一个个熟悉又不熟悉的地名，如同抚摩一张张亲人的脸。刹那间，它们都如同干木耳，被我湿润的眼睛发开。山高起来，河流起来，树木郁郁葱葱，一切都有了生命力，我重新找到了出发点的坐标。所以那个发现更加让我耿耿于怀。乡志上有考出去的考生名单，上面却找不到我的痕迹。我1985年考走，那上边只收录到1986年。和我一同出去的同学，在另外一处榜上有名，董家河籍副科级以上领导干部名单。毫无疑问，那里也没有我的位置。

　　我从哪里来？在那个叫睡仙桥的小山村，在爷爷坟前的那间老屋里，真的曾经生活过一个叫张锐强的学子吗？我不知道。没有人知道。

　　悲凉如同大别山深秋夜晚的寒意，一点一点地浸入心底。那是一种从不暴烈但却无所不在的感觉，雾气一般将我包围。我之所以如此小肚鸡肠地计较，并非对当初在考场上取得的虚拟成功念念不忘，或者梦想衣锦荣归——我早已不敢存那样虚妄的幻想。我只希望在生我养我的地方，留下一点点自我的痕迹。等我百年之后魂归故土时，可以像狗利用树脚下的尿味找到回家的路那样，轻而易举地顺着那些痕迹，找到那个在夕阳下散发着淡淡清香味的熟悉的干草垛，蹲着靠在旁边，面对炊烟和刚刚收割过的田野，尽情地独自哭泣。薄暮中的微风将哭声卷到天空，再落下来，混入吆喝牛群与呼唤孩子的合唱。没有人会发觉，一个少年的伤心故事。

　　真的，我只是害怕自己的灵魂有一天会在故乡迷路。

春到董家河

　　"春江水暖鸭先知"，这说的是江河里的生灵，对于人来说，春天最先还是在大家的手上出现的。假如哪一天你发现自己握自行车把的手不再需要手套，这就是春天到来的宣言书。不过这只是在钢筋水泥的都市里，喧嚣浮躁的都市气氛是令春姑娘皱眉头的，她总是在不得不去的最后关头，才会不情愿地出现在城市的一角，而此刻乡村早已春光烂漫。那句古诗是怎么说的来着？"城中桃李愁风雨，春在溪头荠菜花"。

　　10多年前，我在一个叫董家河的小镇上念书，那是乡政府的驻地。在那少不更事的岁月里，我从来没有注意到春天的到来，只是忽然有一天，同学们晚饭后都想上山了，这才发觉季节的变迁。天气一天天暖和起来，白天一天天长起来，窗外一天天多彩起来，这都使得晚饭和晚自习之间漫长的时间越发难以禁锢我们的行动。本来就是一帮淘气的小猴子，虽然有了中学生的名分，本性还是难移。

　　晚饭是简单的，只能勉强吃个半饱；洗好碗筷大家就三五成群地往外走。教室里当然还有人在坚守，那多数都是比较用功的女生，男生很少有这样的定力，即便是素来喜欢念书的我，也是要带着课本出去的。老家正好在大别山区，学校四周都是山。我喜欢到供销社后面的小山梁上去，那里有一处坡地，开满了油菜花。

　　我要穿过整条镇街才能到达那里。脚下是不甚平坦的青石板路，两旁是林立的店铺。房子和路一样，也是古旧的，不知道有多少年的历史，青砖已成顽固的黑色，正好对应"青"字的本意。白天赶集的人早已散去，商家开始往里收拾东西，大家各忙各的活路，没有人注意到那个鹑衣百结的乡村少年。虽然并没有被他们接纳，我心情依然很好，因为这让我知道除了家之外还有一个美好的去处叫董家河，对未来朦胧的幻想因而有了确实的寄托。春风吹开红花吹绿野草，也吹生了少年模糊的梦想。我在街上左顾右盼，好像自己已经告别父辈面朝黄土背朝天的艰难生活，成为镇街上的一员。

爬上山梁，鼻梁上沁出了细密的汗珠，正好有和风拂面而来，是那种吹面不寒的杨柳风，刚刚够吹去身上短暂燥热的当量，很能让人神清气爽的。学校在远远的脚下，青石板路面的街道呈弓状向前面排开去，这种全新的角度给了我全新的感觉。近处是一片油菜，油菜花烂漫地开着，老远就能闻到那种浓烈的香气，金黄的颜色在绿色的背景之下显得格外打眼。找一处草地，将课本摊在腿上，却不看，想着心事。说是想心事，其实没有什么特别的事情，甚至根本没有一条能够连成逻辑的思路，只是课本上的字没有读进眼睛而已。

就在那时我再度听到了《风雨兼程》。供销社里有台旧留声机，经常放点唱片。那时我还没有学过"兼程"这个词，它的意思是后来查字典才知道的。旋律有些令我伤感，但这并不是因为离家住校的原因。我虽然多少有些想家，但更想到遥远的地方去闯荡。那些许的伤感，只是旋律动人的一个必然效果罢了，正如美酒必然醉人；它那美丽的送别意境更加令我神往，我不禁将自己想象成为其中的主人公，打点好行装正要上路。那时我不仅知道董家河，还知道有个地方叫县城，那是比董家河还要好的地方。虽然并没有参加高考上大学的概念，但却模模糊糊地知道念好书可以走出家乡的山沟，因此这首《风雨兼程》就像是专门为我唱的一样。它让我伤感，更让我振奋。

留声机停了，天色暗了，我这才感觉到屁股下面的凉意。我知道青草的汁液沾湿了裤子，于是站起身来拍拍屁股下山。

　　时间像条航船，已经驶出 20 年，但其情景却如同昨日一般清晰。《风雨兼程》现在大家早已不大唱了吧，但我却时时能够感觉到它那熟悉的旋律依然在耳边回荡。那时的春天，就这样为少年人生旅途的航船徐徐吹开白色的帆。

乡　音

在世界上任何一个语种的辞典中，乡音总个是令人心动的洋溢着些许温暖的感伤的词汇，但它所揭示的却是一种分离的状态。只有在游子跟前，它才会不动声色地跳出枯燥干瘪的辞典的发黄书页，将鲜活生动的复杂况味一一展现出来。正如真正对青春这个词汇敏感的人群，更多的情况下只能是身材已经发胖的中年人，或者痛感物是人非事事休的白发老者，而不大可能是少男少女那样。

现在在多数人心目中河南恐怕都不是个令人神往的地域，这不奇怪，因为即便是我，一听到这两个字也会不由自主地想起干枯贫瘠、容易扬起漫天灰尘的土地，而且河南话的确怎么听也都不会有洋气的成分。不过故乡信阳虽然属于河南，但信阳话更接近湖北话，比如襄樊一带的口音，因为信阳在淮河以南，而地理上的南北分界线是秦岭与淮河。不仅如此，春秋战国时期信阳就属于楚国，应该在楚文化圈内。那时信阳市是中国的都城，而东边下属的息县则属于息国，后来这两个诸侯国都被楚国吞并，现在信阳市内还有个地方叫楚王城。《左传》记载，息国被楚国灭掉以后，国主夫人被楚王掳为妾，生了两个儿子，但总不与楚王说话。问及原因，她说一个女人嫁了两个丈夫，只差一死，还有什么好说的呢？后来清人邓汉仪作《息夫人庙》大发感慨："千古艰难惟一死，伤心岂独息夫人！"《红楼梦》最后一回中，续作者又引用这两句诗来感叹袭人嫁给蒋玉菡而未能为宝玉守身一事。

　　如此啰嗦只想表达一个信阳话并不太土的观点，话题扯得的确有点儿远。其实即便土得掉渣又如何呢？乡音总是甜美亲切的。不过12年前离开故乡时，我心里可不这么想。那时正是不知天高地厚的年龄，高考志愿书上从重点大学到普通中专没有一个河南的学校，我铁了心要走出去。到了学校，我发现农门虽然已经跳出、天之骄子的帽子也在大锅饭中自然而然地混到了手，但泥腿子的出身却是一笔无论如何努力也无法抹去的"不光彩"的历史，回答别人一个问题至少要重复三遍的尴尬对自己虚荣与自卑的伤疤而言，又是血淋淋的重复揭露。为了尽量藏起那段尾巴，我开始学习普通话。尽管刚开始连自己听起来都觉得恶心，但我还是挺过了那段时期。不到半年，我的口音就轻松地混淆了地域概念，同学们都夸我的普通话标准，这大大地满足了我的虚荣心。

　　风筝飞得再高，也总有一根看不大见的细线联系在地上。随着时间的推移，故乡和乡音因为不可再得而逐渐显得尊贵亲切起来。那次我到邮局寄稿子，忽然听到了熟悉的乡音，心说肯定是老乡，一问果然不错，也是当兵留下的。再往细一论，居然还是远亲，他父亲是家母的远房舅父。话说到这个程度，彼此自然要留下地址电话，约定以后找机会聚聚。不几日就接到电话，老乡请我到他家吃饭。我心里开始有些犹豫，毕竟以前素不相识，亲热一时可以，但温度能持续多久未免令人怀疑——我一直是个煞风景的现实主义者。后来那种语言环境的确有些不容推脱的意思，于是也就犹豫着答应了。

　　果不其然，多年浓缩起来的热情在邮局已经基本上挥发一空，剩余部分远远不足以冲破社会强加给我们的心灵栅栏的重围。谈话干涩而且拘谨，我发现自己竟然对自己的信阳话失去了自信，只好一直说普通话。酒喝到一定的程度，头上冒出冬天不易觉察的热气，气氛上来了，含混不清的家乡话这才自然而然地从我口中流了出来。而等到大家又一次在街上偶遇时，不消说家乡话我又不会了。

老乡的乡音未改，他对这种微妙的变化也许浑然不觉，也许心照不宣，但我却感觉到了莫名的尴尬与折磨。而最折磨人的还是又一次打电话，那次我偶然获得了一个自从大学毕业就失去联系的高中同学的电话号码，因为当时我们的关系很好，这么多年一直挺想他的，于是决定给他打个电话。心跳在电话接通的瞬间骤然加快，电话那头传来纯正的普通话。我的母语又一次失语，于是用普通话让他猜猜我的身份。他想了半天，很有些为难的意思，我只好用家乡话提醒，结果他还是不得要领。月底长长的电话费清单不允许我继续这类如果得不到答案就显得尴尬异常的游戏，赶紧自报家门，所幸他老人家也还没有忘记。

那次的气氛令我终身难忘。我们俩一个德行，都是一会儿家乡话一会儿信阳话，对此我估计他的尴尬与懊丧程度不亚于我。空洞地说了一会儿，我只好匆匆借坡下驴；放下电话在最初的如释重负之后，懊悔又很快弥漫上了心头。早知如此，我肯定不会打这个电话。

有时口音的转变也很自然顺畅。回家探亲时一下火车，脚一踏上家乡的土地，普通话从自己的口中出来就自觉逆耳；而告别时一踏上火车，再说家乡话也就失去自然的自信。那次在火车上碰到个少校，论起来还是高中的校友，他早我两年毕业，眼下正在军界意气风发，和我形成了鲜明的对比。才出去这几年就不会说家乡话了？微笑中他的问题玩笑里带着些许责难。我不禁心里一沉。少小离家老大回，乡音未改鬓毛衰。贺知章当时是绝对的衣锦荣归，尽管如此还是有这般的感慨，而自己疏离乡音的回报又是什么呢？只有费翔那令人伤感的歌：我曾经豪情万丈，归来却空空的行囊。

　　那一刹那，我的心头积满酸楚。

我的故乡在远方

——一个精神漂泊者的心路历程

作者题记：多少无人知道的，连最亲密的人也不知道的悲剧，藏在表面上最恬静最平庸的生命中间！

————《约翰·克利斯朵夫》

A

不要问我从哪里来，我的故乡在远方。刚开始听到这首苍凉而略有些沙哑的歌时，我还是大别山深处一个不谙世事的少年。尽管并没有背井离乡，因为贫穷、闭塞因而被我视为牢笼的尘土飞扬的故乡，就在自己脚板底下，但我依然感觉到了深深的忧伤。它的浓度和重量，足以压塌任何一个少年柔弱的肩膀。因此我一直弄不明白，这究竟是怎么回事。

那时我正在一个叫董家河的小镇上念书。小镇既古且旧，历史我说不明白，只记得块石铺成的街面，有些地方已经被磨平发亮；青砖黑瓦的房屋，背阴一面的墙壁上常常覆盖着青苔。在中国的版图上，这只是一个没有标记的斑点，一个代表着封闭与落后的角落，但尽管如此，它依然不肯敞开胸怀接纳我们，这群破衣烂衫的学子。有个同学，父亲是个铁匠，远够不上抽烟大红花、喝酒六毛八的层次，每天只能喝两口两毛钱一斤的散酒，但在我跟前依然充满了优越感。我们俩关系处得还不错，他曾经邀请我到他家住过几次，吃过几次饭，结果让我感觉到了前所未有的屈尊俯就，因而颇有些感激涕零，于是更加尽心尽力地在学习上帮助他。我知道镇上的人打心眼里瞧不起我，因为我穷，因为我土，因为我鹑衣百结。但我并不在乎。而且只要他们的鄙视表现得不是特别张牙舞爪原形毕露，我甚至还愿意真心诚意地喜欢他们。从旁观者的角度考证，这当然是奴性十足的特征，但从小就自觉脑后生有反骨的我却并不在乎。个中原因，很久之后才弄明白，是因为当时的小镇就是远方的代名词。远方是个充满动感与诱惑的灿烂夺目的词组，背后隐藏着无数的可能性。而对于那时的我来讲，最大的可能性就是这个叫董家河的小镇。它是离我最近的、我唯一目力可及的远方。因为彼时我还不知道初中上面还有高中，以为高考像过去考状元那样，是 4 年才有一次的大比。

不断增长的年龄，将远方这个词组打磨得越发明亮。高考之后填报志愿，从重点大学到中专，我没有填一所河南的学校。我铁了心要突出重围。江南佳丽地，金陵帝王州。春风又绿江南岸。日出江花红胜火，春来江水绿如蓝。自富阳至桐庐，奇山异水，天下独绝。无数个这样令人心折的句子，将我的目的地全部生拉硬拽到江浙一带。班主任是个很负责任的小老头儿，他郑重找我谈话，要我修改志愿。说那些学校的录取分数都很高，如果录取不上，你自己负责。多年寒窗之后才能取得这样一份功名，志愿当然要修改，但我越修改越远，最后去了刘禹锡笔下二十三年弃置身的巴山蜀水凄凉地——重庆。可能谁都无法想象，如此重要因而格外需要字斟句酌瞻前顾后的选择，仅仅因为我看了地理课本上的一幅图片，重庆夜景。

初中二年级的那个春节是多雪的。厚厚的积雪多日不能化开，屡屡在阳光下刺痛我凝望远方的眼睛。但就是那样一个冬天，在我记忆中却始终洋溢着温暖的背景色调。赖在热烘烘的火塘跟前，大家都不禁昏昏欲睡。偶尔站起身来，膝关节都有酸痛的感觉。漫长的无聊中，我暗暗期待着开学。在心中一遍遍地想象心仪已久的女生，会以什么样的姿态亮相。想着想着，嘴角不觉暗暗漾起微笑的皱纹。正寻思好事呢，一阵让人愁绪满怀无释处的旋律，忽然无端地将美梦打断。

今天你要去远行，正是风雨浓。
山高水长路不平，愿你多保重。

打起黄莺儿，莫教枝上啼。
啼时惊妾梦，不得到辽西。

我来不及生这样的怨气，那种无比柔软的伤痛感觉，已经潮水一般漫过胸口。如同酸液腐蚀触觉的皮肤。我先是抬起头，然后放下一直捏在手中闲玩儿的火钳，最后站起身子，离开了温暖的火塘。大别山区农村的习惯，即便在三九严寒的冬天，也不闭门关窗。来到门口，我发现歌声出自对面的山坡。那里有一户邻居新买了电唱机，正在让它为自己助兴。那唱机想必不是什么优质新产品，声音显得有些阻隔，让人顿生有劲使不上的焦急。微微发颤的歌声如同屋檐下化开的雪水，一直以自己原有的节奏往下滴答，而我的眼睛已经湿润。不知道因为眼睛不能适应冷热的骤然变换，还是因为某种回忆或者想象淹没了理智的闸门，或者二者兼而有之。反正我以一种跟年龄和阅历不相匹配的姿态流了泪。

呆立在门口的寒风中，我如听纶音，醍醐灌顶，直到那首歌渐行渐远。很久很久之后，我才从一张正面印有女明星头像的日历卡背面看到全部的歌词，才知道那首歌的名字叫《风雨兼程》。而弄明白风雨兼程的确切涵义，又往后推迟了很久。因为赤瑕宫里的神瑛侍者日以甘露灌溉绛珠草，林黛玉才老是眼泪涟涟作为报答；而那个不通世故的山区少年在寒风中流下来的泪珠，又是为了谁？难道就为那串不甚真切的歌词，一个不知道确切涵义的歌名吗？连我自己都感觉荒唐。

B

回首30多年的人生历程，我最怀恋的是高中。而从客观的角度讲，那其实是我最困难的时期。离家更远，学费生活费和物价的水不断上涨，但父母供应能力的船却不能同步提高。因为贫穷而不得不斤斤计较的日子，让他们原本就不甚和睦的关系变得越发紧张。在肮脏简陋的学生宿舍门外，我曾经多次流着泪劝母亲跟父亲离婚。但尽管如此，我并未感觉到苦。这么说并非因为我已经走出沼泽，可以沾沾自喜地以成功者自居，那些苦难因而被从容镀上一层柔和然而虚假的光泽。我是即便在当时也不觉着苦。或者说，是苦被希望比照得不值一提。因为我从来没有考不上大学的概念。尽管一二年级时成绩并无绝对领先的优势，尽管别人都在挑灯夜战，我还在化学课堂上看围棋普及书。我时刻都能感觉到魔方一般千变万化的远方，就在自己眼前。只消稍稍使劲，便可以抓住。在围棋盘上，随意走掉绝对先手是被高手不齿的行为。他们总希望保留更多的变化。这种心情我在高中时期就有过。那时我一方面希望高考尽快到来以便早些脱离苦海，另一方面又希望它慢点上演，好有更大的选择余地，更充足的考虑时间。遗憾的是，每人每次注定只能有一个选择，我不能像现在这样随意一稿多投。

尽管一年前尚不知高考为何物，但决战之前的紧张还是很快就浸润了我浑身上下的每一寸皮肤。最让我激动的是每年一度的放榜。那个所谓的榜委实简陋得可以，在通往食堂的路中间，几张红纸贴在一面正在失去本来面目的墙壁上。所有出现在上面的名字，都是当年高考的幸运儿。名字和分数对我而言没有具体意义，但最后的地点却让我心驰神往。我一遍又一遍地用目光摩挲它们，直到最后包围在衣衫蓝缕之中的心灵都被它们擦亮。隐藏在看热闹的人群中间，我每每感觉到一种无言而且没有来由的忧伤。而根据成绩，我的反应完全应该而且可以是慷慨激昂。

对远方的向往在高中时期物化成为对各种各样课外书的渴望。为了买书，我和一个来自城镇的同学运宏结成了伙食对子，每顿饭买一份荤菜搭一份素菜，省下钱买书。说是荤菜，其实荤的含量总是很低。从词语构成的角度讲，在土豆烧肉这个偏正词组中，土豆偏而烧肉正，但实际情况却正好相反。土豆只能是主要矛盾，而烧肉永远是次要矛盾。可见理论与现实有差距的道理亘古不变。不过上帝并没有赐予我抱怨的权利。因为资金很紧张，新书很少买，主要到地摊上去淘旧书。学校虽然在县政府驻地，但地方也很小，要买书只能到信阳市去。每过一段时间，腰包稍微一鼓，我就抽个周六的下午，挎上那只发白的黄书包，乘车到市内淘旧书。地方很集中，就在新华书店不远的一条街上，有两三个地摊。挑选书的过程是快乐的，但也不乏痛苦。因为你注定要不断淘汰自己的选择，而那些书本本都是那么诱人。无奈之下，只有赖在那里慢慢看，仔细看。摊主不催促关门，就不做决断。到了最后一刻，其实选择早就有了，这才恋恋不舍地将那些早已在心目中淘汰掉的品种放下，然后结账走人。印象最深刻的是夏天，每次我回学校时天都已经黑透。挎着沉甸甸的书包，尽管肚子一派空虚，但精神却非常充实。当然了，也分外愉悦。那会儿公共汽车里乘客已经很少，我可以随意挑选一个称心的座位，将手支在窗户上，看着外面的车水马龙和星星点灯发呆。就在那发呆的过程中，我和书里的主人公成了同台竞技的对手或者朋友。而舞台，竟然是此刻近在咫尺的星星点灯。我不由自主地想象着自己在每一盏灯后隐藏或者出现的情景。尽管只能以想象的姿势介入，也足以让我心醉神迷。这景象定格成为我对高中最深刻的记忆。它像一幅巡回画派的经典油画，以浓郁的生活气息和极具张力的画面质感，让你不可能漠视其存在。

C

重庆的确是一个不折不扣的远方。从信阳出发没有直达车，要么北上郑州，要么南下武汉。儿行千里母担忧，在站台上为我送行的只有母亲一人，而我甚至连她都不能容忍。因为不堪离别，也因为父母俩长期不和而造成的跟子女在感情上的隔膜。我无法和她分享即将奔赴远方的忧伤与快乐。我所希望的，是一个可以让我想入非非的女生。为人且歌且吟《风雨兼程》的，不可能是母亲，只能是一个没有血缘关系的像丁香一样结着哀愁的美丽姑娘，站在青石铺就的雨巷尽头对我频频挥手。

不知道是不是重庆的闷热导致了我那无比美好的想象的快速腐败和变质，反正我的第一印象无论从哪方面讲都谈不上愉快。在重庆驻马4年，我只陪女朋友去过一回实在说不上风景的渣滓洞白公馆，分别和两个不同的女孩，去过两回鹅岭公园，看将我诱骗到此的重庆夜景。真正有代表性的风景，缙云山北温泉南温泉以及其余的川中胜景，九寨沟峨眉山和青城山，一个都没去过。倒是自筹旅费，沿江下三峡，取道岳阳北上洛阳，然后又从南京、杭州回到重庆，周游了一遭。大学生出去旅行原本算不上时髦，但值得一提的是我没有向父母伸手，费用全部从第一年每月16块第二年每月20元的津贴中节省出来的。这一圈的直接结果是我一想起西湖和玄武湖就会想到一个词，鱼肚白。因为我去的时候，那两个地方都慷慨大度地要拿出自己的物藏来全力招待我。那不是别的，是厚厚的一层死鱼。

在我自己还没有弄明白的时候，重庆已经成了此岸，江南又成了彼岸和远方。当初尽管轻率但因为只有一次因而也不乏艰难的选择，难道竟是如此的一钱不值？渝州路79号，歇台子，后勤工程学院小院，一个名不见经传的军队院校。我以超过重点大学分数线21分的成绩来到这里，然后在此虚度4年光阴。除了200万字没想到发表也不可能发表的读书笔记，除了一些青春期晦涩的回忆，除了几张可亲可敬或者可厌可恨的脸，除了从图书馆里偷来的几本好但又缺乏读者的书，这个我不会因为它而自豪它也不可能因我而骄傲的名字，再也没给我任何理性或者感性的收获。

但是它却让我对远方有了更加深刻的认识。毕竟，这是我第一次经历真正的远方。并且在远方里，像打量自己暗恋已久但又被别人捷足先登的女孩那样，怀念那些更加模糊的远方。

我们那一届毕业生非常奇怪。第一是毕业分配各找各的关系，大家既不写所谓的决心书也不互相告黑状，竞争完全看门路的大小，也算体现了一种相对的公平；第二是没有一个人报考研究生。不知道怎么回事，专业课结构力学教员，那个瘦弱的老太太，竟然看上了成绩并不突出的我以及另外一个成绩突出的湖南籍同学，极力鼓动我们俩报考她的研究生，但均遭婉拒。那个同学怎么想的我不知道，我拒绝的原因还是一门心思地要去远方。硕士之后不管毕业还是再读博士，最大的可能就是留校任教，而我自觉对重庆，那个只草草浏览一遍因而完全谈不上详细了解的城市，已经心生厌倦。我希望打点行装，再次上路。毕业之前，我见到了一份印刷并不准确的地图，通往青岛和烟台的铁路原本是在蓝村分岔，但那上面却印成了胶州。我说这地方好，到烟台和青岛都方便，将来就到那里去吧。结果一语成谶，我在这个小县城里一直寄居至今，已 11 年整。

D

据说孙中山先生曾经去游说湖广总督张之洞，让他支持自己革命。张之洞根本看不起尚未成气候的孙中山，信手在他名帖上题了几句话："持三字帖，见一品官，儒子妄敢称兄弟。"孙见后，不卑不亢地对道："行万里路，读万卷书，布衣亦可傲王侯。"让张之洞大为折服。对这个传说，我一直持怀疑态度。孙先生的全部精力都在革命上面，尽管这个对仗本身并不十分工整，我也不敢相信他还有如此的捷才。但怀疑归怀疑，这传说本身，却以一种无比锐利的形态，让我加深了对行万里路、读万卷书这个说法的印象。孔夫子的话基本句句经典，只有一句我不敢苟同。父母在，不远游。游必有方。为什么不能远游，为什么游必有方，只要游，肯定就是有方的。仗剑去国、辞亲远游。平生爱入名山游。平生塞北江南。骏马秋风冀北，杏花春雨江南。所有这些十分普通的字句，到我跟前都成了情绪的催化剂，让我恨不得随即羽化升天。正因为如此，刚毕业的那段日子对我来说简直就是暗无天日。

胶州是一个令人窒息的弹丸小地。小到什么程度呢？有个俏皮话叫一条街、两座楼，一个警察看两头。胶州比这话略好，但程度有限。因此它无法安置理想，更不可能有远方的立足之地。小也许可以容忍，单位不如意也许还可以容忍。但远方在这里彻底丧失全部可能，不仅明天的生活可以想象，就连前途都是一目了然，是可忍孰不可忍。报到的前一天可能下过大雨，我去时坑坑洼洼的路上还积着许多泥水，两边都是破旧不堪的平房，我必须在那里安放所有的梦想，如果它们还健在的话。就在那一刻，我真恨不得一头扎进泥水坑里死去。后来我差不多也真的就在那样的泥水坑里死去了，因为我的生活就是那样的一潭死水，黏稠委琐凝固而不能流动。而它，正是我青春的葬身之地。我空余一具躯壳，已成行尸走肉。

巴尔扎克诞生 200 周年时，中央电视台的《读书时间》栏目搞了个纪念活动，邀请一个类似法国使馆文化参赞之类的角色参加。那人是中国通，他用有些结巴的汉语说，所有的作家都是因为不如意，有失落感，有些话在生活中没机会表达，这才选择了写作的。所谓物不平则鸣。我觉得这简直是绝对真理。如果没有在胶州那些暗无天日的时光，我肯定不会想到重新拿起笔。那一段段对别人来说毫无意义的字句，就我而言却是生活的全部。我将它们想象成为一串串珍珠，挂在自己贫穷暗淡日渐老去的生活的脖子上，以抵挡别人异样的目光。

我曾经多次站在镜子跟前，像徐娘半老的女人那样，用一种迟暮哀怨而且无奈的目光，端详着自己那副因日渐臃肿而不堪入目的嘴脸。要爆炸的腮帮子，双下巴，粗脖子，将军丰肚，一步一个脚印的体格。这是当今最平常最普通的男人形象，没有任何特点，随便放进哪个城市，都能像滴水入海那样彻底消失。他是谁？他就是我吗，难道？多年追寻远方，这是必然的结果，还是一不小心的副产品？我无以复加的悲哀。那些注定只能成为匆匆过客的文字垃圾，此时成了我唯一自慰的武器。它们就是我的远方。它们多少往这副平庸的臭皮囊里，塞了点清新的内容。它们是我能够忍受生活强加于我的丑陋嘴脸而不至于自戕的精神拐杖。

无论什么时候，最悲惨的境地都不是穷困潦倒重病在身或者众叛亲离官场失意，而是身边及心中没有远方的余地。如同生活在一间没有门窗的房子里。那是一种精神监禁。

E

一个困守孤城的将军，面对敌军越来越小的包围圈，必然会越来越焦虑。这种心情我时刻体会着。因为我发现，自己心灵世界的版图也在不断被蚕食。

这个发现来源于那次休假。回到阔别已久的故乡，最初的感觉当然是亲切和兴奋，以及些许因生疏而造成的新鲜感。但是这种感觉却不能长久。我悲哀地发现，我越来越惦记那个葬送了自己青春的弹丸之地——胶州。但我挂念什么呢？宿舍是公家的，我没有一草一木，更没有魂牵梦萦的姑娘。那时在我眼里，胶州女人不管多么漂亮，都不具备生活意义上的真实性。她们只是一个个空洞的符号。我们彼此都能感觉到对方的鼻息，但又如同隔着两个星球。就像那个不知名的日本作家住井未在小说中描述的那样，彼此之间隔有一条没有桥的河。我不清楚她们对我的评价，但我完全可以想象。那只能是四个字：好高骛远。翻译成通俗的胶州话，叫"各一路"。直到现在，妻子对我的评价还很简练，怪物。

我像以往那样，去找自己曾经将其想象成初恋情人的女同学，以及非常要好的男同学，包括那位因买书而结交的饭友运宏。大家都是孤家寡人，可以像往常那样没心没肺地哈哈大笑，挥霍光阴。我甚至还终于了结了那个附庸风雅的夙愿，带上酒菜和棋具，到风景区安静的亭子里，和运宏把酒临风，从容手谈。但是，我总不能真正地投入。在欢笑背后，始终有一个情绪的血栓。然而有什么东西值得我挂牵呢？难道是那几本扔在宿舍墙角里、从学校图书馆偷来的名著吗？

客舍并州已十霜，归心日夜忆咸阳。

无端更渡桑干水，却望并州是故乡。

刘皂这样感慨，是因为他又去了更远的朔方。朔方的具体位置何在我没有考证过，但宁夏区文联办的文学杂志名字就叫《朔方》，可见它必然在宁夏一带，离其故乡咸阳比太原更远。而我呢，并未像刘皂那样，在胶州呆了10个春秋。而且，我终究回的是老家，那个生我养我的穷山沟。为什么还会如此首鼠两端心神不宁？我是那么的想不通。我分明还记得在宿舍度过的那无数个漫长的夜晚。每天晚上，在惨白的灯光下，马思聪的《思乡曲》里那一个个孤独的音符，都如同飞蛾扑火一般，凄凉而且徒劳地撞向冷清的四壁。我并没有忘记这一切，可我还是像儿童那样，希望信阳和胶州，甚至还有重庆，都是自己手中魔方里的图案，我可以随意调整它们之间的相对位置。

你想想这是何等的奢望。

后来才发现，我是一不小心就失去了故乡的。故乡和老家这样的词汇，在我的现实中意义越来越含混，越来越暧昧。胶州不会认我，因为我说普通话，因为我不生吃大葱和大蒜；信阳也只能将我看做短暂省亲的游子，终究还要飞走。而我，实际上也难以再度融合进去，因为那难听的土语以及种种当地人习以为常的生活陋习。乡音未改鬓毛衰，这样的事情只能发生在唐朝。不是大是大非，而是鸡毛蒜皮的细节，让我失去文化意义上的根本，让我成了精神上的孤魂野鬼。我想起国人对国外二代以上华人移民的称呼。香蕉。黄皮白心。发明这个词的人，估计至今还依然自鸣得意，可他是否知道，那些"香蕉"内心有没有委屈？他们的心真的白了吗？即便白了，那种白能否得到周围的承认？会不会像英王李秀成，丢掉一世英名，也不能保全性命？病人输血或者接受骨髓移植，都必须寻找相匹配的型号。细胞尚且排斥异己，何况由无数个细胞组成的躯体，具有文化背景的活人。写到这里，我满眼都是京剧《白蛇传》中白蛇那段委屈得哀感顽艳的水袖。历经劫难之后再度重逢，娘子的委屈伤心许仙真的完全能够理解吗？我有理由表示怀疑。

F

收发员将那封信递到我手中时，《毕业生》凄凉而忧伤的旋律，正将我重重包围着，如同一年多之前重庆出了名的迷雾。不，比重庆的迷雾还要缠绵浓厚。我能看到眼前活动的人，但又分明视若无物。此岸阉割了彼岸，现实击落了理想。在向晚的微风中，我满眼都是年轻的达斯汀·霍夫曼迷惘绝望的眼神。因此这封现实的长方形的信让我感觉很是突兀。

写信的这个人我并不认识，也从未谋面。她是我们单位一个女兵的闺中密友。那个女兵刚刚复员回家，老家是河南驻马店的，就是京广线上信阳北边的那个城市。在外地能碰到这样货真价实的老乡，也算是三生有幸。正所谓同是天涯沦落人，相逢何必曾相识。

信里写道：我是某某的闺中密友。她说离开山东很长时间，心里唯一放不下的就是你。以前她曾经多次问你愿不愿意回河南，你的回答都是否定，让她很是伤心。不知道你现在是怎么想的，如果你愿意回河南，请立即跟她联系。

这封信的确突然。因为我从来没有把那个女兵放在心上。在我心目中，她一直都是个孩子。尽管多承她错爱。看到这封信，我依稀想起了她的面容，也想起当时的确有这么回事。我的回答一直是不愿意回去。我宁愿在外乡漂泊，也不希望老死在家门口。就像伏波将军马援说的那样，男子汉大丈夫应该马革裹尸，而不应该在床笫之间安乐死。

在那种颓唐不堪的境遇中，尽管我依然不愿意回去，但还是给她去了信。寂寞的心灵，分外需要安慰，她因此一下子成了我在汪洋大海中的救命稻草。但令人遗憾的是，她并没有回信。我想那也很正常，既然你愿意漂泊，那就自己漂泊去吧。正所谓道不同，不相为谋。应该承认，她还是挺漂亮的。在我的印象中甚至越来越漂亮。不过尽管遗憾，但我并不后悔。如果再有一次，我的回答肯定还是不愿意回去。

G

20 世纪北京的最后一个春天结束得非常突兀。我头天晚上逃离时还是春天，次日早晨抵达目的地北京时，外面已经照耀着夏天的阳光。大街小巷飘飞着朵朵杨絮，偶尔还有一阵突如其来的短暂风沙。不过，穿行在杨絮和风沙当中的我颇有几分踌躇满志，如同一个怀有必胜信念的即将统帅千军万马出征的将军。

从大街下到地铁站台，阳光慢慢消失而灯光逐渐亮起。就在这两种光亮的快速切换之中，我的信心突然销声匿迹。阳光挥发了我的全部勇气，灯光照亮了原本隐藏在触觉皱褶中的脆弱和敏感。站在地铁站台上，我满怀迷惘。伊莎贝尔·阿佳妮在电影《地铁》里演绎的诗意生活，离现在有多远的距离？我淹没在人海中，如同外面的杨絮一般身不由己。

胶州是一个透明的玻璃房子，人们生活在里面，没有任何隐私，那种生活让我完全没有安全感：而眼下呢？在人海里，大家都保持着舒适的姿势，如同主人一般自信，只有我是个不知道如何举手投足的外乡人。这是北京人的北京，不是我的北京。人海不仅淹没了我渺小的躯体，更要命的还是淹没了我的人生坐标。我是谁，我在哪里，我存在过吗？我从哪里来，要到哪里去？所有这些问题，都让我敏感的内心受到一种来自亲人的伤害。

那次短暂的精神逃亡最后还是以我的失败而告终。因为我并没有达到预期的战略目的。我不得不仔细梳理自己的思维。我为什么在胶州想念信阳，在信阳挂念胶州？为什么没有去时无比想念北京，到了北京又无法生存？这能简单地归结为叶公好龙吗？或者说叶公好龙究竟意味着什么？我苦苦追求远方，那远方究竟在哪里？在北京那个鸡毛小店的不眠之夜，我突然想起那次不安的探亲。因为找不到在故乡心安理得的感觉，我到处流窜，直到那一天找到那个初中同学的门上。上学期间，我们心有灵犀，都属于好惹事的那一派，任性而行，因而惺惺相惜。他当时正在一所乡村中学教书，课程是不受重视的历史。见面之后，尽管他已有家室，他妻子还是很善解人意地给我们提供了再度抵足而眠的机会。那天晚上我们聊了很久，他向我历诉学校生活的种种不堪，荒凉，破败，清苦，远离中心，生活节奏慢好几拍等等。可奇怪的是，我一方面连连点头称是，另一方面脑海里又不时闪现学校旁边的那条小河。那是个冬天，裸露的河床光秃秃的，像老太婆一般丑陋，两边也了无生机，的确算得上荒凉破败。但不知怎么回事，我对那一切却无论如何也厌恶不起来。包括简陋的食堂，逼仄的宿舍，衣衫褴褛甚至可能挂着鼻涕的穷学生，他们总是让我联想起储存到冬末的萝卜和白菜，出身微贱而且现状不堪。这是怎么回事，我的远大理想怎么能容得下这一切呢？仰天大笑出门去，我辈岂是蓬蒿人。且不说比重点线高出 21 分的分数，报志愿时的雄心壮志又都去了哪里？同学只是师专毕业，尚且不能安心，我为什么会对这个离家门不远的比鸡肋还等而下之的破败中学产生兴趣？

我又想起了高中时那个简短经历。一个周日的下午，我要赶回学校，爸爸要到市里去办事，我们俩搭一辆拉石头的拖拉机赶路。颠簸中经过信阳师范学院门口时，爸爸指指校门，说我将来也不指望你别的，你能考到这里来，我就心满意足了。他的意思是只要我能将户口迁出去就行。但我却从不这样想。即便最低的革命纲领都没有考虑过它。那是一所当时就不受重视的学校，虽然是我们县一高文科生心目中的最高学府，但我们理科生却历来都将其视为败笔。所以我对父亲的话是满脸的不以为然。

H

读完《约翰·克利斯朵夫》，我不知道有几个读者能记住萨皮娜的名字。在整部书中，她实在是个无足轻重的人物。但对我来说，她却是最难忘的形象之一。之所以如此，并非因为她是克里斯朵夫的第一个情人，如同袭人之于宝玉，第一个教会了他男女之事，而是因为她的生活态度。

我不知道如何用一个词去准确描述生活中的萨皮娜——逆来顺受、自甘堕落还是随遇而安。总之，她平庸而且快乐。就是这种生活态度让克里斯朵夫着迷，于是成了她的情人。她为什么有那么多的快乐，我的种种焦虑与不安，都是因为自寻烦恼吗？不要做痛苦的哲学家，要做快乐的猪。曾几何时，这话风靡了大江南北。但早在这之前，我就考虑过这个问题，而其论据，就是这个不起眼的已婚妇女萨皮娜。我也希望像她那样，什么都不想，什么都不强求，用一颗平静的心，去争取那种简单安宁的快乐。但是不能。我总也无法做到。有个年长于我的文友，曾经取笑我到了这个年龄段，情绪依然不稳定。可是他还不知道，我甚至听了儿子玩具火车的汽笛，都如同战士听到冲锋号一般热血沸腾。我渴望荒漠，渴望陌生。在平静的生活面具下，经历着一次又一次的自我精神流放。

江南是我唯一一个也是最后一个灵魂之舟停泊的港口，但造访却是姗姗来迟。在苏州的大街上，我小心翼翼地挪动着脚步，惟恐一不小心，就如同触雷一般踩中一个典故。去虎丘之前，天刚刚下过雨，简直随便揪一把空气就能拧出水来。青翠欲滴，这时候我才明白，青翠真的是能滴下来的。只有在流畅的环境中才能有流畅的表达。我想就是可以自由流动的水，造就了江南才子们思绪飞扬的灵光才气吧。我真恨不得就那样倒头死去，化为虎丘塔下的一抷泥土，让自己的灵魂也流畅起来。彼时彼刻，我前所未有地嫉妒陆文夫、范小青，还有那个跟我年龄相仿的朱文颖。嫉妒他们的文学成绩，更嫉妒他们的生活环境。

那次去江南我是独身一人，因此可以尽情发呆。但是，发呆所能延长的时间，比起漫长的一生，实在太微不足道。

I

很久之后我才弄明白，那所破败的乡村中学吸引我的，正是它那可以从容慢几拍的生活。慢，这个在通常场合下都是贬义的词，仿佛一个咒语，让我走火入魔。它总让我想起米兰·昆德拉那部只有八九万字长的同名小说。还有现代派电影大师米凯朗基罗·安东尼奥尼的代表作之一《云上的日子》。他的主人公多次提醒观众：让时间停住脚步。已在文坛崭露头角的河北作家刘建东，在我逃往北京那年也写过一个中篇小说，名字叫《减速》。他说，我多么希望能有一个慢车回收站，让每一个对高速产生恐惧的人都可以在里面休息一下啊。那所荒凉破败的乡村中学，就是那样的一个慢车回收站。从理论上分析，他们都归属现代或者先锋的一类，但传统作家也不乏赞同者。2001 年秋天，当红女作家张欣曾在胶州短暂驻马歇息。她说她不喜欢坐飞机，一方面是因为恐高，另一方面也是希望从容。她说，何必那么匆忙呢？可见，对于慢的精神需求，具有某种文化意义上的共通性。

还是说说我的梦想吧。或者说错觉。我希望混迹一个那样的学校，或者生活在类似那样的环境中，开一爿书店度日。对襟大褂倒不必穿，但圆口布鞋最好能有。因为舒服。至于西装领带，还是免掉。因为我不想联想起那部名著《装在套子里的人》。在书店既经营也看书，若得三四文朋书侣倾心交谈，则更是大幸。那样的日子，我实在不敢再想。说来可能大家都不会相信，我选择现在的妻子很大程度上就是因为这样一个潜意识的梦想。因为她父亲在乡下开了一爿小书店。不过去了之后我非常失望，因为里面几乎没有我喜欢的书。那里面的所谓书籍，除了《女友》就是《知音》。

也是，人生经常以失望居多。况且如果里面都是我喜欢的书，岳父一家的生计又从何而来。如果我的精神不失望，那么他们的肚皮就注定要失望。

J

离家不远的地方有个小铁路桥，从旁边很容易爬上去。我经常带儿子到那里去，去看他喜欢看的大火车。铁路两旁清洁有序的时候不多，因此妻子很是反对。但不管她怎么说，我们爷俩还是我行我素。不为别的，只为我也很喜欢看到火车。我喜欢看到钢蓝钢蓝的铁轨上火车慢慢消失在远方的情形。沿着铁轨望去，能够看到阳光下空气如同颤抖一般的流动。由于阳光的折射，铁轨有略微的变形。这些情形我最先是从影视画面上看到的，后来就一再亲历。那如同故人久别重逢的感觉，让我亲切而且伤感。

火车呼啸而过，儿子欢呼雀跃，而我往往已经魂不附体。我将自己想象成为其中的乘客，用目光贪婪地抚摩着路边的每一道站牌。包括那些已经泛白的乡村小站的站牌。我想，除了我之外，肯定不会有几个人能注意到它们的存在。它们就像我那样，从来没有被人重视过。先是因为钱不够多，后来因为父亲的地位不够高，再后来因为眼神不够机灵，现在又因为小说写得不够好。旅行的感觉，作为生活的另外一个纬度，总能映照出现实的委琐与无奈。

那次失败的精神逃亡，让我明白了许多道理。我知道自己为何在哪里都要焦虑都要牵挂。我知道自己为何明明少不经事，却偏偏要作出一副饱经风霜的样子，像沙眼患者那样迎风流泪。因为我在风入松书店看到了那本书，《生活在别处》。内容我还没有看过，书名已经像子弹一般将我射中。我像佛家所说的那样，取得了顿悟。

K

Windows 系统就是有这么个好处，可以多界面工作。就在写这篇文章的时候，我一直在小声播放那几首老歌。《橄榄树》、《风雨兼程》。另外还有《思乡曲》。只有此刻，我才理解齐豫的歌喉为什么如此苍凉，三毛为什么要选择那样的一种告别方式。因为这歌声中已经包含着参透机缘的顿悟，也就是通常意义上所说的看破红尘。我的故乡在远方，那个远方没有也不可能有明确的地理意义，它只是一个精神指向，一种文化坐标。尽管充满了不可多得的悲剧色彩，但却具有充分的必然性，对一个注定要思索的文人而言。想象从小赐予我们一副坚硬的翅膀，让我们在中间遨游；生活再强加我们一座牢笼，让我们习惯那种文化意义上从门到窗是七步、从窗到门还是七步的圈养。生活的全部意义，就是收敛性情，予以适应。这有些荒唐，但却是严酷的现实。我的故乡不在信阳，更不在胶州。它们在一个我也从来不知道的地方。它是一个慢车回收站。那地方也许存在过，也许根本就不曾存在。当然从史前意义上说，它们都曾经存在过一次，那就是母亲的子宫。我们在羊水中以各种姿势随意畅游。在那里我无需重视或者轻视别人，别人也不会重视或者轻视我。大家一个德行，都是一颗没有形状的刚刚受精的卵子。我可以放心地躲在里面，对外面的一切不闻不问。

　　不要问我从哪里来，我的故乡在远方。

　　听听吧，多么好的一首老歌。凝神谛听，会发现它的声音已经卷边泛黄，如同一张年深月久的水墨风景。哦不，是设色人物。他的面庞依然年轻，但心灵已经千疮百孔伤痕累累，正好匹配记录着他的那张画布。

乡间的小路

好不容易汽车总算出了城。我无聊地看着窗外，一样样的东西虽然都在视网膜上成了清晰的图像，但它们似乎并没有被同步传入大脑的信息中心。忽然，我注意到车子已经离开郊区进了乡村，窗外是一片片平坦的土地，因为没有车辙因而不甚明显的小路空旷地伸向未知的远方，自己的心似乎被一只看不见的手温柔地抚摩了一下那样，那些因为不愉快而产生的褶皱立即被抚平了一大半。因为这时，我想起了过去在老家，走在这样的小路上的情景。

我在大别山区的农村长大，这样的经历实在太多，记忆中印象最深刻的，还是大二寒假过完年我和几个亲戚搭伙去给姥爷拜年的那次。同行的有一群人，我们从另外一家亲戚上姥爷家。车本来也是通的，不过要绕一个大大的圈，到了乡上还得步行下去，这样算起来时间可能比走小路还长，而且大家都是穷人，谁也不想花这个冤枉钱，于是就决定步行。我家正好在大别山的边缘，到了姥爷这里就成了平原，没有山，连烧火的柴都没有。此刻收获过后的田野里空荡荡的，视野因此更加开阔。道路漫长，偶尔经过几个村落，里面就会传来爆竹声、录音机放出来的歌声，以及猜拳行令的声音。虽然隔着遥远的距离，但我们依然能想象得到主人和客人面红耳赤、在酒桌上互不相让的情景。在我们那里，过年时喝酒的过程无比漫长，我见过最长的一次，从早上起来一直喝到下午4点，也不知道大家吃的是早饭还是晚饭，而且就这样到了七八点钟还要交换场地接着再喝。这样以来，最后自然只能有一种结果，家家扶得醉人归。这浓郁的年味远远地传来，足够让大家回味到下一个村落的旁边，因此丝毫没有寂寞或者单调的感觉。其实这还要归功于一个表舅，当时他正带着漂亮的未婚妻，另外一个小表舅不停地拿他们打趣。虽然有辈分的差异，可是带未婚妻的那个表舅刚刚大学毕业分配回来，另外一个表舅还在念高三，大家的年龄相近，性情中不知天高地厚的浓度也相仿，因此都没有拘束的感觉。这未婚的小舅母很漂亮，是那种丝毫不给人张扬感觉的漂亮，好像有一层温柔做了底子似的，因此能让人不由自主地产生亲近的感觉。主人公的幸福是不必说的，另外一个表舅成绩不错，大学肯定有的上，只是学校好坏的问题而已；我呢，到了大二，在学校本来是早已找不到天之骄子的感觉了的，因回乡之后看到家乡的贫穷与落后以及落榜同学还在苦苦挣扎的窘迫状况，对比出自己的幸运，这种感觉才又膨胀起来，如同被水发开的干菜。舅舅有一个这么漂亮的对象，我自问前途无量，将来肯定也不比这个差。因为都有一个朦朦胧胧的美好梦想，大家在各自不同的梦境背景衬托下心情极度愉快，人群也因为我们几个骨干分子的活跃而充满生机。

雪刚刚化掉，脚下的土地因潮湿而更加松软，踩在上面实落而且舒服，怪不得郑智化要用沙哑的嗓子控诉都市的柏油路太硬踩不出足迹。田里是黑色的，充满着肥沃的感觉，而田坝上的草已经被割掉，只剩下片片枯黄的色调，提示着昔日的青春与辉煌。这种素面朝天的情状最大程度地给了我们塌实与安全的感觉。虽然是平原，地势依然忽高忽低，间或也有一些不可能留下名字的土堆，我们就在这高高低低中间前进。这种田垄中间的小路只容两人对行，别说汽车，即便是自行车也不会有的，因此路面是那种自然的平坦，偶尔有的只是牛的脚印，自然而然地营造出了那种人迹罕至的宁静淡远的品位和总与时代慢上几拍的从容不迫。毕竟是数九隆冬，虽然没有落雪，刚开始我们还是有些缩手缩脚，走了两成，身上就暖和起来，额头慢慢渗出汗迹，于是手都从口袋里掏出来；虽然是冬风，但也就是吹面不寒而已。大家笑呀闹呀喊呀叫呀，躯体的精神的每一道毛孔都不知不觉地慢慢张开。

这一程大约是45里，以前每次走下来都乏得很，惟独这次没有，到达以后大家的情绪还很高涨，丝毫没有高潮之后跌入低谷的意思。如果要找原因，大概就因为这是离别之后又与故乡、与土地的再度亲近吧。不知道从何时开始，土地，我指的是真正意义上的泥土，离我们的生活越来越遥远，我们在享受着这种远离泥土的整洁与方便的同时，内心却总会有某种莫名的焦虑。离别产生距离的美感，审视获得准确的认知，今天这次离别多年之后的审视就让我产生了全新的感受。不管别人怎么样，反正自己虽然是血肉躯体，但却和花草树木一样从土地中孕育而来。大学期间因为虚荣心的原因我一直以农村出身为耻，总在自觉不自觉地掩饰自己身上的泥土气息，而现在我才发现，自己的躯体和土地之间的内在联系是无论如何也不可能割裂的，一定要割裂的话必然要伤筋动骨。就像山上的花儿，一定要移到花盆里去的话，要么活不了，要么活不长。

这是一辆从里到外都流露着破旧的老爷车，看来车主不榨干它身上的最后一滴油决不善罢甘休。在这冬天的上午，在这辆四处透风的车上，温度可以想见的低，可这时我却出人意料地感觉到了一丝温暖。这种温暖的感觉从心头泛起，然后落到浑身上下的每一粒细胞上面，因为我和生我养我的土地完成了一次精神上的亲近，如同一次真正意义上的洗礼。

听　书

电路不知道哪里又出了故障，让我只能在黑暗中傻坐在书桌跟前发呆。电视不能看，电脑不能用，甚至连书都没法看——因为不常停电，很少有人家里预备有蜡烛。生活在城市里，没有电真是寸步难行。小时候多好啊，绝对不会存在这样的问题，因为我们可以去听书。

鼓声不紧不慢地从村头的稻场上传来，那是说书先生已经作好准备、恭候听众到场的标志。声音透过黑暗的阻隔和衰减，传入我们耳朵里时已经相当微弱，如同巨浪滔天的汪洋中的一叶轻舟。但尽管如此鼓点却还是好像直接敲在我们心头一般。按照爸爸的说法，是我们心里急得长了草。饭碗早就撂下，此时我们很难再感觉到饥饱；但人还不敢出门，我们得等大人吃完、和他们一起去才行。

说书先生正坐在月光盈盈的稻场中间，面前是孤零零的一架小鼓。鼓旧而且破，周围红漆脱落大半，一副饱经风霜的样子，如同太爷的那张老脸。观众稀稀拉拉地围上来，虽然大家早已认识，但说书先生却并不和他们打招呼，他的眼睛被黑暗省略成为两只黑洞，此刻这黑洞里的微弱光线高高地越过听众的头顶，用一个词儿来形容就是视而不见。等观众的数量到了一定的程度，说书先生终于开了金口，不过并不是开始说书，而是唱或者叫吟诗。他唱得很投入，可惜我们一句也听不懂，心里只是着急他什么时候才能开始。

先生在破鼓上敲出两串密集的鼓点，这才是真正的开始。开场白是四句诗，然后是"上文书说到"，我们的心就一下子提到了嗓子眼，因为这必然是一处紧要关头。听着听着，很快我们就忘记头上的月亮和面前拂过的微风，忘记了自己和父母，甚至也忘记了说书先生，书中的情节不知不觉地漫过我们的全身。往往刚说到紧急时刻，等我们不由得下意识地抱紧爸妈的腿或者胳膊时，先生又在鼓上敲出两串密集的鼓点，然后是"欲知后事如何，且听下文分解"。记忆重新回到躯体，遗憾和不舍也同时淹没心头。抬头一看，月亮都快落了。

大家散乱地离开稻场。草草洗完脚上了床，心却如同还在稻场中间游荡一样，久久不能入睡。我很想和爸爸探讨一下后面的情节，但却每每遭到他的严词拒绝。岳云此去牛头山前景如何？杨六郎什么时候才能顺利突围？伍云召的南阳关能否守住？我就这样在焦虑、不安与好奇中间进入童年的一个又一个梦乡。

大约在小学二年级的时候，有个说书先生住到了我们家里。因为他和妈妈同姓，而且也是从姥姥家那个方向来的，于是妈妈就让我们叫他舅舅。爸爸和别人一样打心眼里瞧不起靠磨嘴皮子为生的说书先生，觉得他们跟要饭的差不许多，尽管大家都很喜欢听书。说来也是，说书先生一来就在我们村里驻扎一阵子，平时不按场次收钱，最后等要走的时候每家每户给点粮食，多少不拘，你自己看着办，确实跟打发要饭的差不多。

然而我却很欢迎那个舅舅。这不仅仅因为可以听书，更关键的是我能看到许多好书。说书先生两件宝，一个是鼓一个是书。鼓虽然破旧，但他却不允许我动，只有书可以由着我看，前提是爱惜。只要离开书场，他就绝口不再提书中的情节，这是说书先生的规矩，要想知道你自己看书去。就这样，在小学三年级上半年，我通读了平生接触的第一部长篇小说《封神演义》。不仅将情节和人物关系搞得一清二楚，而且谁用什么兵器、谁有什么法宝都背得滚瓜烂熟。到后来，该到爸爸请教我了，这让我好不得意。

　　这是我漫长的文学情结的开始。小学三年级的学生如何能通读《封神演义》这样半文半白的古典小说，现在我自己想起来都觉得不可思议。不过我最感兴趣的还是下面这个问题。那个舅舅本来是外地口音，我听起来很费劲的，但是一说起书来他就自然而然地换成了好懂的官话，而平时他好像并不会说官话的。这是怎么回事呢？我一直没有搞懂。

乡村的月夜

　　美国的月亮不比中国圆，可是故乡的月亮一定比异乡圆。离开家乡20 年来，在紧张而忙碌的求学与求生生涯中，似乎从来没有心情与闲暇抬头看看他乡月亮的模样，因此记忆中故乡的月亮一直是那么的圆、那么的美。小学三年级时，父亲寻宗认祖，带领我们举家迁回到了祖坟旁边。父亲是根独苗、长房长孙，也是遗腹子，后来随着奶奶改嫁而流落到了他乡。太奶奶临死之前留下话，一定要把我们找回来。在这之前，我生活在大别山深处，村子比较分散，也缺乏平整的可供玩耍的场地，再加上年龄也小，因此所有的记忆都比较淡漠。而等我们迁回来以后，这一切全部发生了变化。村子前面通着公路，旁边有个很大的打谷场，那是我们这帮孩子的乐园，一到晚上全村的孩子都会聚到那里，上天入地地疯闹，直到夜深筋疲力尽为止。

　　相形之下，我们最喜欢秋天的月夜。天不凉不热，大家的衣服也都比较单薄，正好可以轻装上阵。新收割的稻子整整齐齐地码成一个个的垛子，垛子是圆的，上面也搭着一层帽状的草遮雨。稻垛子四处矗立，正好成了我们游乐的道具和打仗的阵地。月圆之夜，秋风在融融月色中散发着阵阵新稻的清香气息，小伙伴们在中间玩耍，喧闹声响遍了全村所有的村落。十几年过去了，这种景象现在想想还总让我的心头涌起一阵甜蜜而又痛苦的惆怅。

　　不过月圆之夜我们还有节目，那就是四处打食。瓜果梨枣，谁见谁搞。小孩子本来就有淘气的天性，再加上那时大家的肚子里都缺油水，因此晚上到生产队的地里去偷点红薯什么的也就成了常事。我们是怀着寻宗的高昂热情回来的，但是回来以后发现这个大家族因为贫富悬殊早已分崩离析，族人之间貌合神离。而维系着这个家族的最后一道支柱太奶奶的去世，也为家族的最终分解敲响了丧钟。积聚了30多年的亲情在我们回乡的最初突然释放，浓厚得简直让我们喘不过气来，只是它很快又挥发一空，我们还是需要独自面对生活的艰辛。没有粮食，可怜的积蓄也在搬家的过程中消耗殆尽，每日的口粮都成了问题。我吃过南瓜饭，也吃过萝卜缨子饭，在南瓜和腌过的萝卜缨子周围零星装点着屈指可数的米粒，就这还是我们家的美餐。

　　那天晚上的月亮非常精神，明亮中不含丝毫的杂质。这种气象条件给我提供了作案的充分胆气，但也带来了容易暴露的风险。不过饥不择食、寒不择衣，我决定还是铤而走险。伏在虽然湿润但不会沾上泥巴的地上，剜出的红薯很快就装满了我带来的小提篮。看看差不多了我起身拍打拍打身上的土刚准备开溜，转身发现身后有东西。有鬼！我心里一紧，惊出一身冷汗；再仔细一看，原来是个人，就是队里安排看管场地的小郭。

　　小郭并不小，比父亲的年龄还要大出许多，是队里另外一个大家族中屠夫的女人。她娘家穷，又没有什么出众的兄弟姐妹可以仗仗势力，再加上一直没有生养，因此在娘家的地位很低，谁也瞧不起。在长期的冷漠和白眼中，她的精神也慢慢出了点问题，好像脑子有点不够用一样。全村人都不拿她当回事，无论年龄大小辈分高低一律都叫她小郭，就连我们这些小毛孩子都不例外，甚至还经常跟在她后面恶作剧地大呼小叫。

　　于是队里就安排她看管场地。一来这样的活没人愿意干，二来她人直不会拐弯抹角地留情面。于是那天我想自己肯定是栽了。贫穷不仅使我感受到了饥饿的滋味，也让我饱尝了白眼的味道。当时村里还不同意接纳我们，道理很简单，口粮是有限的，分的人多了大伙自然要少一份。

假如小郭将这件事情宣扬出去，立足未稳的家庭必然要承受更大的压力。这些道理我当时当然并不完全明白，但穷人的孩子早当家，心里总有些隐隐约约的担忧。

我怔在那里大气都不敢出。但没想到小郭并没有嚷嚷，上前摸了摸我的头。心底的嫌恶让我对她的这种亲近产生了本能的拒绝，小郭见状叹口气，说你走吧。记住今后不准这样了！

打那以后我再也没有去偷过队里的红薯，也没有再和别人一起跟在她后面胡闹。上大学后有个假期回家，听说她已经过世，不用说场景非常凄凉。我对妈妈说起了这件事，妈妈手不停地缝着针线说这算什么，小郭行的善事多了。可怜好人不得好报！听了这话，我心头涌起了异样的感动。有产阶级施舍善良偶发慈悲并不奇怪，他们需要这个社会保持一定的秩序，因为这秩序对他们的财产和地位而言是必需的；而一个生活在最底层、尝尽人情冷暖、从来没有得到过尊重和承认的卑微角色，依然保持着这样的善良，这又是多么难得的事情。

走同学

　　童年时小孩子大概都喜欢走亲戚，一则可以随意玩，二则有好吃的东西等着，于是兄弟姊妹之间的竞争大都比较激烈，经常需要父母出面划分一下各自的"势力范围"才行。不过走亲戚的诱惑虽然不可谓不强烈，但时间影响却比较有限，到了小学高年级尤其是初中，我们就不大喜欢了。最主要的原因有两条，一是这家亲戚自己未必喜欢，或者说未必有自己合适的玩伴儿，二是不喜欢"掂包儿"。走亲戚不能空手，多少要带点礼物，或者一斤白糖，或者一听罐头，一样叫做一个"包儿"。一般情况下都掂两个包儿，是好事成双的意思；比较隆重一点儿的再翻一番，意思是四季发财或者四季平安。农村人穷，礼物舍不得吃。一包点心从张三到李四，再从李四到王五，转了一大圈最后可能又会回到起点位置。这时包装也许依然鲜亮诱人，可是里面的点心多半已经板结发硬。因此春节期间乡亲们买礼物从来不需要严格按照要走亲戚的家数"下定单"，只要将第一波次的准备好就行，比如姑姑舅舅老丈人等，这些是怠慢不得的，后面的都会源源不断地来，再源源不断地走。

　　我们不喜欢掂包倒不是因为这个，主要是我们觉得俗。那时我们刚刚读了几本破书，通向外面世界的窗户隐隐约约漏进来几丝亮光，我们正不知天高地厚呢，于是看不起农村里的一切人情世故，尤其讨厌掂个破包四处跑。书上说君子之交淡如水，真要看望人家表达感情，自己去就是，何必还要带什么东西呢？于是大家都不愿意去，春节期间的拜年往往会成为父母恩威并施威逼利诱然后摊派下来的任务。

　　走亲戚又叫走人家。我们不再喜欢走人家还有一个潜在的理由，那就是我们有自己的同学要走。走同学需要一个特定的氛围，即彼此的家庭要离得很远、大家互相不认识才行。否则如果到人家家里去吃走同学的饭，总会有点儿不真实的感觉。小学时大家都是一个村的，父母之间也许还有什么三言两语的过节，同学之间是不可能互相走动的。到了初中来自全乡的学生聚集在一起，大家都在住校平时很少回家，这才给后面的同学走动打下了基础。不过尽管如此事情的开始还要晚上两三年，直到快毕业的时候这个意识才真正觉醒。刚开始同学在一起，光打架都打不过来呢，谁也没有心情向你表示什么友好。

一大群学生模样的少年走在山路上，其间夹杂着三三两两的女孩。大家有说有笑，嘻嘻哈哈地走着，遥远的山路显得并不像平时那么累人。一则这时大家肩膀上都没有几十斤大米的负担，二则有女同学这道兴奋剂的刺激。男子汉大丈夫的，谁好意思在女生跟前露怯呢？旅途很长，经常有三四十里的山路。一个接一个的笑料，一句接一句的争论，这时并没有多少毕业期间应该有的离情别绪，大家的表情随意而轻松，累了就坐在山坡上歇一气，渴了就捧一掬山泉喝。

这就是走同学的队伍。因为从来没有到过同学的家，大家心里都有点儿好奇，有点儿激动，也有点儿不好意思，不过这个不好意思因为有大量同伴的壮胆而显得很轻很淡。走同学的主力是男生，但女生却是其中必可不少的点缀与搭配，甚至可以说是实际意义上的灵魂。这个活动之所以只能开始于毕业期间，就是因为平时女生根本不好意思到男生家里去做客，而眼下即将到来的离别终于捅破了羞怯的最后一道窗纱——如果不抓紧时间，也许自己对其很有好感的同学再也见不着面了呢。

父母见了这样的大队人马有点儿吃惊，开始为食宿问题发愁。吃饭还好办，谁家里都有大锅，可是睡觉怎么办呢？黑更半夜前不着村后不挨店，你总不能将他们往外赶吧。这也没关系，往地上铺层稻草就可以了。天气有点儿热，可是山里的夜晚却正好适合同学们挤在一起，大家亲而不热。睡地铺是不大舒服，然而那种新奇与兴奋却掩盖了所有的感觉。

这是一种名副其实的团拜，因为大家要以学校为中心转一个圈，凡是参加者基本上每家都要走到。我们的感觉很好，但在父母的眼里，可能即便不是日本鬼子的扫荡，也是庄稼地里过了一次蝗虫。来了客人不能不好好招待，这既不符合大家的习惯也会遭到自己儿子或者女儿的强烈反对；然而大家的战略储备都有限，过年时剩下的腊肉还要对付秋收呢，于是就很有点儿捉襟见肘的感觉。

团拜接近尾声，队伍越来越小，故事往往在这个时候才刚刚开始。那天有个姓陈的女同学邀请我和另外一个姓邓的男生到家去玩，反正也是顺路，我们自然没有推辞。女同学的爸爸是小学老师，我很喜欢他们家里的气氛。整洁不说，还有很多书可以看，本来我是准备住一宿再走的，可是吃完中饭不久她就红着眼睛让我们回家，说着说着又掉开了眼泪。原来她爸爸将她叫到一边，严厉地盘问女儿是不是在谈恋爱。

这次团拜结束以后不久，我就远走高飞到了一个很远的亲戚家。那里有很多年龄相仿的表兄弟，大家可以在一起上天入地，因此我几乎每个假期都愿意去。这时我家忽然来了三个女生，一直等了我整整一个星期。她们和自家人一样，帮我们家放牛做饭干家务。后来等得有点儿不耐烦了，想让妈妈或者妹妹去把我找回来，不过都被她们以种种借口推脱掉了，原因也许是她们觉得这三个女生都不够漂亮，不合适做自己儿媳或者嫂子。

姓陈的女生和姓邓的男生之间的故事可能有个短暂的开头但却没有结尾，或者说我不知道这个结尾。那三个女生中，后来我有幸与其中的一个成了高中同学，有天晚上她写个纸条约我出来，让我看某位男生给她写的情书。我们是老乡，我当然有义务给她出主意的，于是装模作样地说了一二三点意见，想想真是该死。她的成绩不好家庭条件也一般，没到高二就辍学了，也不知道今天的日子过得如何，繁重的家务早已将她出落成为一个典型的农村家庭妇女了吧，我想。因为多年没见，我对她的全部印象还停留在中学时期，最深刻的就是那一对有点儿长的羊角辫，走起路来一摇一摆的，很富有韵律感。

过 年

孩子过年从腊月二十三小年开始，因为"过小年儿、打小孩儿"。为什么要拿孩子开刀呢？这其中是有些缘故：一则大人从那天开始忙年，小孩经常淘气添乱，自然免不了挨巴掌；二则从这天开始规矩越来越多，这不许说那不让动，孩子哪知道啊，一违犯纪律轻则呵斥重则一个凿栗子。凿栗子虽然也是栗子，可并不像板栗那样好吃；屈起中指用硬邦邦的第二个关节敲脑壳是它的全部内容，感觉如何不难想象。

过了二十三，一天快一天。大人们开始忙年，首先就是杀猪。先找几个有力气的男人帮忙"扯猪腿"，他们帮助主人在院子里垒好灶台、安上借来的大铁锅烧开水，预备为猪褪毛，死猪不怕开水烫的俗语大约就来自于此。都说猪笨，其实一点儿也不，这样的忙乱场面一开始，它就明白自己的大限将到，不吃不喝躲进猪圈的角落里，屠夫一进去更是东躲西藏拼命挣扎。挣扎自然无济于事，只要人看上什么东西那还能有跑儿啊。杀好以后屠夫将猪剁成两扇过秤，这时别人都可以赞叹猪大，惟独主人家不行，一定要说这猪太小，否则叫神仙知道你嫌多，来年必然要削减，孩子们通常就是在这种情况下不明不白便吃了凿栗子。中午大家在主人家吃"猪毛血"，下午屠夫把猪肉剁成便于储存和馈赠的长条，整理出来猪头和下货，然后乘着夜色带着酒气和两条猪腿或者一提溜下货步履踉跄地回家。杀猪时院子里乱且有水，可谓脏乱差俱全，大大影响了孩子们的活动，他们心里并不喜欢，能够记得起这些细节仅仅因为可以敞开肚皮吃顿肉。

晾上猪肉爸爸开始准备磨豆腐、妈妈要全面清理卫生。全村的磨盘不过一两架，放在水井旁边的人家里，磨豆腐时需要自己带柴火。磨豆腐是力气活，点豆腐是技术活，大家需要彼此搭伙，边干边张三李四地拉家常；累了换换手，渴了香喷喷热腾腾的豆腐脑管饱。因为豆腐脑的原因，孩子们都愿意跟着爸爸磨豆腐而不愿意帮妈妈洗锅碗瓢盆。十冬腊月，池塘里的水可是真凉啊，那些东西都干干净净的洗什么洗。

虽然小年已经过了，但吃凿栗子的几率却不降反升。小时候有次过年妈妈卤肉，香味把我和哥哥完全套牢在锅台跟前。锅里面的肉太多，我又急着要吃，随口说了一句：肉这么多能煮熟吗？结果嘣地一声吃了个凿栗子；好容易煮熟了妈妈切给我一块，因为吃得太急烫了嘴却没品出味，我说句不好吃妈妈随手又是一个凿栗子。不过尽管如此，孩子们还是喜欢过年，因为过年有新衣服穿、有鱼肉吃、有鞭炮放。好不容易等到贴好对联窗花煮熟饺子，屁颠屁颠地跟着手里拿着大串鞭炮的爸爸走出门外。刚开始恨不得贴在爸爸身上，看到要点炮又吓得赶紧躲开，捂着耳朵听噼里啪啦的响声，夜幕的衬托下那闪动的火光足以穿越几十年的时空阻隔。这串鞭炮虽然放得痛快，但孩子们根本不过瘾，因为那是爸爸放的，他们想要的是可以自由支配的三五十响一二百响的小鞭炮。爸爸虽然可能给你一两串，但这远远不够，主要还得靠拜年的收获。

除夕之夜的饺子没滋没味，因为这两天油水太大，孩子们舌苔上味蕾已经麻木；守夜时的饺子更不好吃，迷迷糊糊地从梦中醒来，谁心里还能有饺子啊。不过这样一闹又清醒了许多，瞪着眼睛盼天亮好早点儿出去拜年，那才真正是孩子们的收获季节。在父母的呵斥下好容易等到吃完新年的饺子，孩子们立即冲出门去，汇成一群挨家挨户地收"祖子"。新衣服有个特点，那就是上下左右四个口袋都比较大，这是应孩子们的要求而做的，以便多装点"年货"。走近人家门前说声叔叔二大爷给你拜年，然后就等着人家发东西，或者一把花生，或者一捧糖果，有时还能有一小串鞭炮，口袋满了再回去清空。这种情形即使不像日本鬼子进村，也好比地里过蝗虫，因此年龄稍微大点的都不好意思。虽然也去拜年，但总是说完拜年话就赶紧溜走，红着脸不要主人家给的东西，那意思是我已经大了。

这一圈下来虽然收获不小，但多数都是吃的东西，孩子们当时还不大看在眼里，他们更关心的是鞭炮，这就得靠跟着爸爸妈妈出去走亲戚了。初一初二拜父祖、初三初四拜舅舅，这个程序是不能乱的。那时每家都不止一个孩子，哥俩哥仨之间早就划分好了"势力范围"，你拜舅舅我拜姨，你拜姥爷我拜姑，给他们磕个头值得。红包无所谓，回家一切缴获要归公，但鞭炮例外。摸摸兜里的鞭炮，想想在小伙伴跟前可以显摆一番，不免有些身在曹营心在汉的意思，一转眼那郑重其事地来磕头拜年的主儿就不见影了。

东西慢慢吃光，鞭炮很快放完，有些油腻的新衣服也早就被妈妈换下。正月十六小初一，这天一过爸爸就开始准备干活。客人少了，村里清净了，菜里的油水淡了，孩子们的嘴又馋了，可是年已经差不多快过完了，大家只有盼着下一年。可是一掰指头，时间还长着呢，在失望中又逐渐静下心来。只是有些后悔，当初那么多东西，怎么就没留点下来呢。

面　条

栖身山东将近 20 年，可我还是不习惯当地的面条。这里的面条就我所知无非两种"流派"，一是平常自家煮的清汤面，另外做菜的，我称为淡面条；另一种是饭店做的肉丝面、鸡蛋面等，里面配菜的，我叫做咸面条。淡面条不必说，没滋没味，味同嚼蜡，不吃也罢；咸面条虽有配菜，也只是象征性的点缀，缺油少盐，淡薄寡味，和淡面条相比更多了一重假冒伪劣的嫌疑，因此我怎么吃也吃不饱。8 年能打败不可一世的日本鬼子，20 年却不能让我适应山东的面条，这其中的顽固竟然来自于一次十分偶然的经历。

初二的有一天，我得了重感冒，虽然也吃了药、打了针，但温度一直没有降下来，等星期六下午同学们该回家的时候，我甚至连站起来的精神都没有，只好一个人晕晕糊糊地躺在空荡荡的宿舍里。家人是指望不上的，他们在 20 多公里外，根本不可能知道我生病的消息。因为路远，如果不是"弹尽粮绝"急需"补充给养"，我以前也不一定每个星期天都回家的，看来只能独自面对，没有别的办法。

迷迷糊糊感觉有人在叫我。睁开眼睛一看，是那个姓申的校工，他家就在我们宿舍旁边的两间小屋里。他父亲以前在学校工作，后来因病去世由他接班，但没有文化不能当老师，就只好做了校工。那时我们刚学了点知识的皮毛，正不知天高地厚，因此平时都很有些看他不起的意思。他问我吃饭了没有，我说不想吃，记不清他说了些什么又走了。

不知过了多久又有人叫醒我，申校工和他妈妈都在，端来一大碗面条，尽管灯光昏暗，但长期饥饿造成的视觉和味觉的空前灵敏还是使我很快就看出了其中的内容，是一碗正儿八经的排骨面，用排骨汤下的面条，还有不少肉。要在平时，即使偶尔打牙祭也不敢指望这个，但当时我实在没有胃口，只喝了几口汤。

也许是药终于产生了疗效，也许是在那个普遍缺乏热量的时代面条汤发汗的效果，第二天早上我退了烧。神志一清醒，首先就感觉到了饿。正琢磨是否到了食堂开饭时间、该不该起床时，申大娘又来了，还端着那碗面条。看见上面漂满的油花、葱叶和醒目地突出出来的排骨，我的口腔里立即滋润了许多，不过总有些不好意思，我们毕竟没什么交往，而在当时即使是像他们那样拿工资的人家也不是随随便便就吃这样的面条的，因此刚开始还比较斯文，吃着吃着也就"得意忘形"、顾不了许多了，呼呼啦啦地往嘴里倒。面条放了一夜，一热十分烂糊，在我 15 年的人生经历中，那自然是世界上最好吃的饭。

从此就喜欢上了这种浓汁厚味的面条，也经常想起申校工和申大娘。6 年多以后的大二暑假，我特意去学校拜访他们。说起我这个人，他们多少还有点儿印象，因为考出去的学生不多；而说起那碗面条，他们却毫无印象。6 年时间在申大娘脸上刻下纵横交错的沟壑，她平静地微笑着问我：有这回事吗？我真是老了，一点儿也想不起来。

这位记忆力不好的老人，早已作古了吧。

日记本

　　工业文明的兴起，电脑网络的出现，经济大潮的席卷，造就了越来越多的现代古董，一不小心就会从昨天时尚杂志的封面退居到今天人们记忆深处最不起眼的角落之中，身上沾满了想象的遗忘灰尘，比如日记本，那种带有彩页插图的日记本。日记本主要用来记日记的，而现代的人们只有忙碌的今天和期待欲望满足的明天，根本不需要回忆，即使偶尔需要备忘也有更先进的设备，比如录像，比如电脑合成技术，这个时候如果谁还有写日记的习惯，那么一转身他自己也会成为别人心目中的古董。日记本？日记本是什么东西？时尚女郎的脸上写满了疑惑、不屑与嘲弄，一个时代对另一个时代的疑惑、不屑与嘲弄。

　　不过日记本并不会就此消失，它依然存在于人们用记忆为它建造的微型博物馆中，只是它很识趣，假如你不找它它绝对不会烦你。32 开大小的苗条身材、微微泛黄的颜色有时会在阒寂的夜里穿越时空阻隔款款而来，脸上带着若有若无的浅浅笑容，那种自若的风度在你孤独的心弦上弹拨出几许温馨几许浪漫，隐约还有一些不好意思，让你不由自主地要向左右看看是不是有人注意：30 多岁的人，早已不再是男生的年龄，谁好意思让人看见自己还这样津津有味地在历史的垃圾堆中忙活呢？就在这个当儿，日记本已经在你面前大大方方地坐下，如同一个久违的彼此心神相映但又保持着君子之交的老友。

　　所有关切与牵挂都装在一个动作里面，那种克制的彬彬有礼的握手；只是持续的时间很长，大家都在打量着对方的变化。关切与牵挂的疑问的答案，世事更迭岁月沧桑的痕迹，都要从这盈盈一握中刻意然而自然地找寻，如同金庸小说中的两个内家高手切磋技艺，平静之下掩藏着外行与第三者难以察觉的惊心动魄。你的手指缓缓地划过它那早已不再光滑的肌肤，里面的单面彩页插图随之映入眼帘。或者是古色古香的古代建筑，亭台楼阁、秦砖汉瓦；或者是亭亭袅袅的盛妆仕女，盛唐丰满、元明纤巧；电影明星的头发不黄嘴唇不紫，美丽的背景是端庄；山水风景清净怡人阒无人迹，是一片从喧嚣与污染中侥幸得以暂时自保的精神家园。也许只是一朵不知名的小花，也许只是一架没有历史的小桥，然而都有一种让你疲惫浮躁的心灵彻底安静下来的力量与品位，今天你才知道这种力量叫单纯，这种品位叫古典。

可是日记本里却根本没有内容，或者正页的大部分都是空白，这不由让人产生一种壮士无用武之地、英雄被迫投闲置散、美人不能专宠于君王的感慨。日记本不就是用来写日记的吗如果不写日记它还有什么存在价值呢？可是翻过扉页这一切都有了答案，原来上面写着几行离书法还有很远距离的字迹，最常见的就是友谊永存之类，然后写着男生或者女生的名字。原来它承载的是一段感情，也许那是初恋，也许只是一种莫名其妙转瞬即逝的好感；原来它自己是一件信物，也许要伴你一生也许就在毕业转学或者收拾书桌的当而随手扔进垃圾堆里，但只要你能够想起来它都具备让你心底隐隐作痛的当量，那种痛虽然有些痛苦，但更多的还是甜蜜与忧伤。

漫长的黑夜短暂的美梦，你总要清醒过来并且在黎明到来之前陷入彻底的孤独之中。安全套自动销售机进入大学校园，电视里两分钟可以速配成功搞定终身，性病广告遍布大街小巷，抱着日记本怎么可能不被人嘲弄呢？你心里想着这些，手指的动作滞重起来，这时叮零零一阵电话铃响，他或者她要和你订情人节的约会，在那种喧闹的南美风味的现代酒吧。

醒来时我才发觉这又是南柯一梦，日记本早已无影无踪，确切地说是它早已不在自己的眼前。那本初中时期一个叫柴宝华的前排女孩悄悄送给我的日记本，一直放在书橱的深处，浑身充满了樟脑球的气味。

小巷无语

那时我寄住在学校旁边的一个亲戚家里，从早自习到晚自习一天三四个来回。路不算特别远，中间有一条长长的通往郊区的小巷。不知道从哪一天起，我发现有个女生和自己同路，作息时间全校一致，于是每天同行成为必然。

时光慢慢流逝，在每天小巷吧嗒吧嗒的脚步摩擦声中，年轻的心似乎也摩擦出了一丝火花，使得这种被迫的同行逐渐有了一些约定的意味。那时即使是同班的男女生也还处于冷战状态，因此我的勇气也就仅仅限于侧敲旁击地向别人打听她的姓名，而我是每次都能上台领奖学金的，相信她肯定知道。课余时间我经常调动全部的才气构思开始对话的第一句台词，但那部厚厚的充满激情的话剧却一直没有上演的机会，而因为时间和环境的限制只能浓缩为一个最简单的动作，那就是开始和结束时一个看似漫不经心的一瞥。就在那短短的对视中我们彼此读懂了一切，眼睛是心灵的窗户，10年以后我依然深信世界语言词典中没有任何一个比喻能比这个更加形象、生动和贴切。

她就这样走进我的日子和诗句。学期结束时我回去看成绩，她的成绩很不理想，路上我似乎就感觉到了她的情绪低落。亲戚家的旁边有一个水库，吃完中午饭我意外地看见她独自一人往大坝上走，于是鬼差神使地跟了上去。大坝很长，她低着头往前走，一副心事重重的样子，我简直怀疑她是否因为成绩不好遭到家人指责而想不开，于是就一直跟着她，既想劝她又想和她说句话，毕竟我们还从来没有过真正意义上的直接交流。

　　还没走到大坝尽头，她忽然转身向我走来。我的脚步慢了，心跳快了，尽管已经酝酿一年，但在幕布即将拉开的一刹那我却像个蹩脚的三流演员那样忘记了全部的台词，我不敢相信这就是开始。她越走越近，我也越来越没有自信。农村孩子的自卑往往会表现成为过度的自尊，使我不能正常地和城镇同学交流：她会喜欢我吗？

　　就在那短短的一瞬间，我做出了一个令自己抱憾终身的决定，也转过身来往回走；而一旦转过身来，自然也就彻底失去了回头的勇气。

　　新学期开始后，我就再也不曾见过她。一打听，原来她父母调动工作，她已经随同转学。

　　那一天她是要向我告别么？这问题我问了自己 20 年。

穷人的方式

　　小时候我调皮得出奇，从现在上辈人的复述和记忆的共同部分来看，即使是我自己也很难想象能够平心静气地坦然接受如此淘气的孩子。除了父母，那时候亲戚们谁都拿我没办法，唯一的例外就是外祖父，因为他敢毫不留情地揍我一顿，直到我彻底老实下来，所以我长期以来也一直对他敬而远之。

　　第一次领教外祖父的厉害是在自己家里。外祖父大老远来到我们家，本来大家都很高兴，但想不起来因为什么原因惹得我不高兴，我要撵他"滚回去"。不是说一句就算了的，而是在他身上磨来蹭去，不停地这样嘟囔。外祖父大为光火，将我拖到一旁用细树条狠抽我的屁股，这是当时大人惯用的家法，它有两个好处，一是特别疼，二是不会伤筋动骨。反正都是嫡亲，打我这样的"狗"不用看主人的脸色，外祖父因此毫不手软。打那以后，我再也不敢在外祖父跟前放肆，但心里对他也产生了明显的隔膜。

　　不过假期里我还是愿意到他那里去玩，因为那里的表兄弟特别多；而对于我这样的淘气鬼来说，哪里有比大家凑在一起疯疯癫癫更有吸引力的事情呢？于是早上一丢饭碗我就没影了，晚上直到天黑透才回去，中午遇到谁家就在谁家蹭一顿，反正大家都是亲戚，不叫姥爷就叫舅舅，或者老表。两个淘气鬼混在一起，其效果绝对是 $1+1>2$，闯祸的概率由此大大增加，经常有人找到外祖父家告我的状，这才有了他用甜酒将我灌醉的那一出。

　　在我们老家，农村人经常将米饭发酵做成甜酒，这种甜酒虽然叫酒，但从外观上看和稀饭差不多，而且喝起来特别甜、如果不仔细品根本感觉不到酒味。那天早上外祖父要出趟门，担心我在家又惹事，于是老劝我喝甜酒，说没事你喝吧甜得很，我尝尝也是，就连喝了几碗，很快就歪倒在厨房的柴草堆上。在睡着前的一刹那我听他用好笑而又可气的口吻对小姨说："我看你还赖不赖！"这才明白上了当，心说这个黑老头儿的心真黑。

　　外祖父那里缺水、菜地不多，判断贫富的主要标志就是看有没有菜吃。他家里穷，那个暑假我没有吃过几次菜。要走的时候，他没办法只好用辣椒油炒咸米饭给我吃，心里很过不去，饭桌上对小姨说："孩子好不容易来一趟，没菜只能吃这个，咳！"当时我觉得很奇怪，因为我爱吃辣，觉得很对胃口，心说这不是很好吃吗？

　　有了这样的经历，稍大一些后我对外祖父也是尊敬多于亲情。转眼之间他已经去世多年，随着岁月的推移、年龄的增长我才逐渐明白他当初的用心。有钱人爱自己的亲人可以娇生惯养、给他洋房汽车美元护照，可是穷人却只能给他严厉的惩罚、甜酒和咸饭，而这甜酒咸饭对于穷人而言，付出的并不亚于有钱人的洋房汽车。外祖父是在用他自己的、一个农村穷苦人的方式来向他的外孙表示自己的爱。

站台上

　　自从记事开始，母亲在我记忆中的形象就是灰色的。因为小时候太调皮，我可没少挨她的巴掌。挨揍是上学前的事，上学后母亲就很少再打我，但尽管如此我对她的感情还是比较淡漠，因为她和父亲长期不和，俩人经常吵架甚至大打出手，每当这时我们兄妹几个就都吓得缩在旁边哇哇大哭。现在回想起来，记忆中没有任何一个春节是在完全平和的气氛中度过的，因此"年"在我的人生辞典中总是一个充满伤感色彩的词汇。给子女造成了这样的心灵创伤，他们自然难以得到后辈在感情上的认同。

　　1988 年，我考上了重庆的一所大学。独在异乡为异客的窘迫、横亘在其中的遥远而漫长的时空阻隔，都使得我对故乡和家充满了怀念与眷恋，那原本并不和睦更谈不上美满的家庭也因为这种感情色彩的笼罩而变得美好起来。这种心情随着大学期间第一个假期也是第一个春节的到来而达到高潮，我带着高昂的情绪踏上了回家的路。游子的远归给平淡的生活增添了新的内容，开始两天大家的情绪都不错，这一切都在无形中增强我的错觉，让我误以为自己一封接一封的家书的规劝取得了积极的成果。然而纸里终究包不住火，长期离别固然能够凝聚起许多的美好印象和愉快心情，但它们却根本经不起琐碎而无奈的生活的挥发，还没等到过年爸妈之间又开始了唇枪舌剑、冷嘲热讽的口头官司。哥哥妹妹他们是无所谓的，反正都已经习以为常；而我则不，因为我对家庭的生活前景抱着某种美好的幻想。幻想与现实之间巨大的落差对我的心情造成了毁灭性的杀伤，我的心一下子如同屋外的气候一般陷入冰点。我产生了强烈的逃避心理：赶紧回学校，眼不见为净。

又一个没滋没味的年过去了。尽管还有好几天时间，但我还是带着行李去了县城。给爸妈的理由是还有一些老师和同学要去探望，最后直接从哥哥家里走，不再回来，省得麻烦。我是最后一天才到哥哥家里的，在那里听说母亲要来送我，让我一定要等着她。开车的时间快到了，我怕耽误车就匆匆赶往车站，留话叫母亲别来了，车站太挤。

车还没来。我在站台上一边担心自己能否顺利挤上去，一边着急母亲能不能赶来、赶来之后又能否进得了站，心头一团乱麻。我知道她一定会想法设法赶来的，不管什么时候。果然，我左顾右盼的眼神很快就在拥挤的人流中发现了两个熟悉的身影，母亲和妹妹。人这么多，也不知道她们是怎么进来的。我说妈怎挤你来干啥哩，我又不是头一次出远门。母亲说没事没事，我来看看。说着从包袱里拿出一包东西塞进我的提包，不用看我就知道那是我最爱吃的咸鸭蛋，蛋黄里能流出油来的那种，这是母亲的拿手好戏。然后她又塞给我一些钱，都是几块钱的零碎票子，让我带着路上用。

这一切都让我心头漾起一阵复杂的情绪。但没容我多想，人群开始骚动，我知道火车进站了，于是也随着大流开始盲目地拥挤。我叫母亲和妹妹快走，但她们却执意要在旁边帮助我，不管这种帮助是何等的徒劳。拥挤的等待中我感觉一只手伸到额头上为我擦汗，不用说还是母亲。自从上中学以来，母亲就很少对我流露这种亲昵与慈爱，因此这种意料之外的亲情简直让我有些不知所措；而更能触动自己灵魂的，是我感觉到了那只手掌的粗糙。

心灵的震颤使得挤车都成了机械的动作。我不知道自己是怎样上的车，也想不起后来都和母亲说了些什么。从信阳到重庆需要漫长的30个小时，而在这30个小时中间我几乎都在回味上车之前的那一幕：那包还带着些许温热的咸鸭蛋，那些几块钱的零散票子，那只粗糙皲裂的手掌……

　　岁月如同潮水漫过，它能够使得地形复杂地貌多变的一切在一瞬间不留痕迹地消失，但还是会有一些深刻的记忆会顽强地保留下来。如今我自己的膝下也有了承欢的幼儿，从前对父母的苛责早已忘怀，但真正开始读懂母亲，我想大概还是在那次离家的站台上面吧。

在父亲的肩膀上

　　说不清楚应该高兴还是应该悲哀，儿子特别亲我，所以每天上班都是一场父亲与儿子之间的游击战。一旦我和岳母之间的战术配合出现失误，最终就只能出现两个结果：或者儿子哭哭啼啼悲悲切切，或者爸爸被扣掉奖金若干。也就是我这样的小男人小丈夫，换上其余的男同胞大概都不大好意思承认这一点，即便我也有一点迟疑。可是再一想"无情未必真豪杰、怜子如何不丈夫"的名句心也释然：既然有先生的训导在前，那我也就不必拘泥了。泰山再高，还能高过天去？更何况吾辈之愚鲁呢。

　　儿子现在的腿脚格外利索，一溜小跑健步如飞，想将他隔在我的书房以外是不能想象的，事实上因为这里空旷一些，更多的时候还是他游戏的天堂。我绞尽脑汁地在电脑上码中篇小说，键盘正敲得辛苦，他在外面将木门擂得山响，不几下就破门而入。进来或者敲敲我的腿，或者抓抓我的鞋。更可气的还是这一招：走到电脑跟前将手指摁在开关上冲你嘿嘿一乐，不容分说地就摁了下去，一点儿也不给你预留存盘的时间。你再暴跳如雷，他还是满脸天真而且无辜的笑容，从来不替他的笨蛋爸爸考虑一下，为了码这些字他又白了几根头发。遇到这样的情况，我在妻子跟前总是牢骚满腹，也恨不得扇儿子两个耳光；然而等他张开小手向我扑来，口中发出那种大家都不可能听懂但又都能领会的急切声音时，我还是心软了，不由自主地俯身将他抱了起来。我知道，儿子那一刻是在寻求亲人的庇护，寻求一种安全感，所有的动物在这一点上都是相通的。

　　由此而经常想起还在故乡的土地上劳作的老父亲。自打懂事开始，他跟妈妈就不和。大规模的武装冲突虽然随着时间的推移而逐渐越少，但冷战状态却一直持续到了现在。正因为如此，他们从来没有给过我们正常的家庭温暖。在不和阴云的笼罩之下，父爱和母爱都自然而然地扭曲变形。因为这个原因，我对父母的感情一直比较淡，为他们所做的一切都是理智的、道义的和责任的，感情的含量很低很低，我想哥哥和两个妹妹肯定也是如此。然而自己张开小手向爸爸扑过去时，又是什么样的情形呢？现在我经常想起这个问题。

这些我当然不可能有印象。我所能记起的，也就是大些后他带我走人家的情形。记得有一次大队放电影，地方距离我们家不近，而且还是山路。爸爸不想让我去，可我执意要去，一定要让他背着我，爸爸无奈只好答应了。去看电影的人很多，爸爸和他们有说有笑的，将我的情绪也调动了起来，想下来自己走，但是爸爸不让，因为天黑，山路不好走，而且两边还都是水田。爸爸随着人群在高高低低的山路上大步流星地走着，我能够清醒地感觉到秋意浓重的夜晚中他脊背的温暖；一上一下的颠簸虽然单调但却非常惬意，我在这样的节奏中很快就进入了梦乡。第二天一早爸爸问我电影是啥内容，我发现自己竟然没有丝毫的印象。后来他拧拧我的鼻子告诉我，还没到大队我就睡着了，根本没看到电影。也许因为没有电影的印象吧，所以我对父亲脊背的温暖记忆深刻。

爸爸还挑过我和哥哥去走人家，用老家的一种农具，那种用竹子编的筬子。我和哥哥一人坐一头，爸爸用扁担一挑，我们俩就忽忽悠悠地上了路。爸爸的腰略弯着，熟练地在坑坑洼洼的田埂上穿行，两边都是稻田。沉甸甸的稻穗疲倦地歪着头，在筬子四周和底下发出沙沙的摩擦声。经过20多年的岁月冲蚀，我以为脑海深处对于这种声音的纪录早已被尘世的喧嚣和庸碌所覆盖，但现在才发现它们已经被定格在大脑磁盘的某个特定扇区，而且自然而然地形成永久性的抗格式化功能；如同一本封面早已发黄的日记本，只要一翻开逝去的往日就会重新扑面而来，带着熟悉亲切也带着淡淡的伤感。

　　书房外银色的月光如水，不用看也是个月圆之夜。天上月圆，人家月半，正是团圆的日子。何时回家一趟呢？我在心里自言自语。

送行的父亲

　　我跟父亲之间的感情一直存在隔膜。因为他跟母亲一生不和，过去经常对母亲报以老拳。我现在印象最深的一次发生在初中毕业时。毕业后，要好的同学互相串串门，等我在外面云游数日、然后带着一帮同学上门时，发现母亲脸上青一块紫一块的非常难看。母亲解释说是摔的，但我很清楚那绝对不是真话。真实的场面虽然没有亲身经历，但完全可以想象。

　　父亲总是很严厉。他不像母亲那样经常打我，但只要一出手就肯定是狠的，因此我在他跟前一直很老实。尽管印象中他并没有真正动手打过我几次，但我还是很怕他。大学之后，我就离开了家乡。刚开始每年回家两次，然后频率逐渐下降。夫妻之间的战争没有赢家，他们俩在我们心目中的形象都不怎么好，基本上没有亲切的感觉。因为这个原因，今年春节之前我整整4年没有回家。当然理由很充分，孩子太小，路程太远，坐火车不方便等等。

　　儿子的出生让我对父母的角色有了新的认识，也在一定程度上原谅了父母的过去，因此今年春节下定决心要回去。妻子反对，说老家冬天太冷，路上太挤，建议我等到五一或者十一，但被我坚决拒绝。春节毕竟是春节，父母尤其是一直没见过孙子的父亲，在这个时候肯定特别渴望团圆。

　　刚回去时我们的心情都很兴奋，家里人也都是如此。可时间一长我就发现，他们俩的外交关系虽然因为年龄的增长有所改善，但相互缺乏信任与理解的根本症结却依然未能根除。这当然很让人扫兴。我甚至不得不将给他们的钱平分开来，一人一份。当然了，他们俩都很亲自己的大孙子，我那顽劣无比的小儿。

半个月的假期还没觉得就到了头。因为要到新婚的小妹家里去，我们提前离开老家，然后就呆在城里的大妹家中，在那里等火车票，顺便也看看过去的同学朋友。启程的头两天母亲就赶来了，带着一大包锅巴；次日父亲也到了，带着半截狗腿。这两样东西，都是我春节期间吃得比较香的。其实我也并不是特别喜欢吃，只是在饭桌上吃的相对多一点儿，他们俩就记下了。

2月10日我走的那天正好赶上河南下大雪。因为要搬东西，是父亲送的站。将我们送上车之后，他就匆匆下了车，等待最后的告别。因为大雪铁路出了问题，火车到站已经晚点了一个多小时，停车时间也比往常长。我做手势让父亲回去，但他不肯。在那少见的大雪中，他冻得不住地跺脚、来回踱步。儿子在窗口里边奶声奶气地挥着手说爷爷你快走吧，外面这么冷，估计父亲没能听到，只是对他的孙子挥挥手笑了笑。

父亲本来已经二毛丛森、白发鬓鬓，这么一来，头发干脆全白了，像突然间老了几十岁。因为冷，他的身材也随之缩小一号。这个情景忽然触动了我心底最柔软的那个角落，过去对他所有不愉快的回忆全部冰释雪消。无论条件好坏，当初父亲爱我们，肯定跟我现在爱儿子无异。天底下的父亲爱儿子，都是一种爱法。

时间走得真慢。不知什么时候我忽然发现父亲在流泪。从小到大，我还从来没有经历过这样的场面。为了不让我们发觉，他装着扑打头顶积雪的样子，不时飞快地擦一下眼睛。后来眼泪太多，就利用转身踱步的机会，使劲擤一下鼻涕。儿子还在窗户旁边嬉闹，但我已经感觉心如刀绞。那一刻，我对铁道部激起了前所未有的不满情绪，痛恨他们不能让火车准点开出。他们不知道，这对我们是何等的折磨。我真想冲下车去，但想想还是没有。两个大男人在风雪中抱头痛哭，那种场面实在无法收拾。

　　火车开动时，通过厚厚的风雪，我发现父亲的眼睛已经通红。这时的他，不再是过去那个性格暴烈表情冷漠的父亲，而是一个普普通通的、为儿子和孙子的离去而哀伤的、无助而可怜的小老头儿。我将流泪的脸从窗帘后面转出来，对他使劲挥手。我不再惮于让他看到自己的眼泪，也不再为对他表达真情而感到羞耻。我知道，我那不受理智控制的眼泪可能会更让他伤心，但对他来说，同时也是最好最大的安慰。

蹬三轮车的哥哥

那次单位发大米，每人两袋，一袋 100 斤。怎么带回去呢？自行车买一辆丢一辆，实在丢怕了不敢再买新的，只好长期压迫那辆严重超期服役的老爷车。这辆车浑身上下都带响，只是不包括铃铛，因为自从我接手起它身上就压根不存在这个配置。就它眼下的竞技状态而言，驮一袋能否坚持到底我都有点儿怀疑，更别说一下子带两袋。出租车倒是有的是，只是这样下午上班又成了问题。正犹豫着呢，同事在旁边提出了合理化建议：费那么多劲干吗，找辆三轮车，两块钱帮你扛进家！

的确方便，师傅一直将大米搬进储藏室，我很满意，只是付钱的时候发生了些小争执。因为事先没有讲好价钱，他一定要 3 块。行情大家都是知道的，我虽然懒得多费唇舌，但斤斤计较毕竟是家庭主妇最基本的职业素养之一，因此妻子难以接受这种涨幅高达百分之五十的漫天要价。在这之前，我一直没有注意这人什么模样，因为在潜意识里他好像只是一个工具，或者一个符号，而并非有血有肉的社会个体；争执的工夫里，我这才看清他的脸。此刻这张在生活的重压下早已看不出实际年龄的脸上，正带着些许得理不饶人的执拗和即将得手的得意，以及一丝某些社会底层人物所特有的狡黠。看着看着，我忽然心里隐隐作痛，随手掏出 3 块钱来挥手打发了他。

妻子还在旁边唠叨。她不知道那一刻我忽然想起了也曾蹬过三轮的哥哥。自从懂事时起，我和哥哥就是一对天敌，经常大打出手。他的特点是唠叨，就是老家人所说的妈妈嘴；我的特点是犟，一定要争个是非曲直。

大家谁也不让谁，最终就只能通过武力来解决争端。刚开始是他揍我，后来演变成了强弱悬殊的争斗。尽管我一直没有打赢过他，但是嗓子实在厉害，哭声如同山呼海啸一般惊心动魄，弄得亲戚每逢我们放假要去玩，都要有个附加条件，那就是只接待一个。谁来都行就是哥俩不能同时来。

随着年龄的增长，武装冲突的次数虽然减少了，但争吵却依然长期存在。现在我还清清楚楚地记得我们俩彻底结束争吵时的情景。那是高一寒假，我回家过年，他不知为了什么事又开始不停地唠叨，这个不该那个不对，反正是看谁都不顺眼。要搁往常，我早跟他接上火了，但那次却一直没有开口。开始我忍着，后来忍不住了就躲出去。外面天很冷，我在厚厚的积雪上漫无目的地踱来踱去，直到最后觉得他该闭嘴了为止。大约也就是从这前后起，我们俩不再互相敌视。当时电视连续剧《红楼梦》正如火如荼，贾宝玉的"古人惜别怜朋友、况我今当手足情"的诗句谱成歌曲，我第一次听见时不禁心里一动。我忽然明白，这种手足感情就是兄弟姐妹之间关系最恰当的定位。

后来我升上了大学，初中毕业就下了学的哥哥也开始只身到县城去闯荡。卖瓜子烤羊肉串摊煎饼做热干面蹬三轮，在一个个低微的行业中艰难地讨生活。几年下来，他也逐渐成了时髦的边缘人：城市不肯承认他们的存在，自然也不可能接纳他们的闯入；而农村呢，在熟悉了城市的气味以后，他们又无论如何也不肯回头，于是只能就这样尴尬地生存下去。

大学毕业那年，哥哥正好在县城蹬三轮，租了一间小房子和嫂子一起过着寄人篱下的生活。当时我的假期结束该回单位上班了，得打县城坐火车走。吃完简单的晚饭，哥哥送我去车站。我将行李放进三轮车要跟在后边，哥哥无论如何也不答应，执意要我也坐上去，说这样快些。这点负重算什么，有时甚至一下子要拉三四个人呢。

路不近，中间有一段慢上坡。哥哥不再和我闲聊，从座位上微微抬起身子，调动起全身的重量一起蹬车，样子非常吃力。因为天热，他只穿了一件破旧的背心，露在外面的皮肤全部是黢黑黢黑的。就在这种黢黑的色调之中，他肩膀和胳膊上的肌肉紧张地不时高高隆起来，此起彼伏，这我从背后看得清清楚楚。

对于哥哥，我心里一直有种很复杂的情感。我们俩对学费的客观竞争虽然没有达到需要抓阄决定谁继续读书的程度，但是假如哥哥继续念书，我能否上高中就很成问题，至于大学则肯定是想都不用想的。就像我上了大学，妹妹高中毕业就无法复读那样。正因为如此，我在内心深处既对他心存感激，同时也隐隐约约有一丝不安。而他呢，我猜肯定是因为我到外地上大学期间没能给过我一分钱的资助，因此也老觉得欠着我的，于是我每次回家都对我非常亲热，在一些生活小事上极尽关照之能事，总想为我做点什么。好像我没有成人还是孩子，而他不是哥哥而是姐姐那样。他执意要我坐在车上，其实就是这种情绪不自觉的流露。

好不容易我才压抑住抚摸哥哥肩膀上那块块隆起的黢黑色的肌肉的冲动，但我实在不忍心再坐下去。这种劳累的日子对他而言何时才是个尽头？年复一年，日复一日，为了微薄的报酬而这样苦苦挣扎，时不时还要被个别城管或者地痞流氓勒索一回。和他相比，我享的福实在太多；而等我踏着他的身子迈上一道新的生活台阶之后，回过头来竟然还要让他出力拉我，这让我于心何忍！我的眼皮发酸喉咙发咸，觉得有种异样的情绪随时都要从体内奔泻出来。我真想起身跳下车去，然而犹豫再三还是没有。我不想让他察觉自己的失态。而且我知道，他愿意为我做点什么，而将我拉到车站送上火车，差不多也是他唯一能做到的。

多年过去了，后来哥哥终于放弃苦力的行当，而我的两个妹妹却又相继进城来讨生活。她们没有文化，因此最容易得到的工作就是在饭店宾馆当服务员而已，这对时下的女孩子而言，实在不是个好工作。辛苦报酬少这且不说，还要平白无故地承担恶名，精神上要遭受一重格外的压力，这未免让我耿耿于怀。不过这种精神上的负担虽然不会令人愉快，对我的道德操守却未尝不是件好事。在外面喝酒无论清醒还是醉后，我从来不会像许多人习惯的那样对服务员作出无礼的举动。因为我担心，她们家里也有一个时时挂念着她们的兄长，就像自己这样。

第二辑

一滴水里的阳光

圈养文明

在所有号称文明的娱乐场合中，我最讨厌的就是动物园。除非万不得已坚决不去。看到原本应该威风凛凛的百兽之王，在那"从门到窗是7步、从窗到门还是7步"的铁笼子里可怜而又徒劳地徘徊，我不知道游客们都是什么感受。但在于我，却是不折不扣的折磨。在别人的痛苦跟前无动于衷，甚至更进一步，要将自己的快乐建立在别人的痛苦之上，你说这行为人道不人道，是不是应该受到指责。

但据说这却是文明的一种，是人类进步的标志之一。与此同类的，往小里说有金丝鸟笼，往大里说有整修一新的幼儿园。儿子刚刚过了3岁，便要被送到那种代表文明与进步的地方去。他还小，不理解这是文明与进步，对此一直持坚决抵制的态度，连半夜说梦话都是爸爸我明天不上幼儿园，简直要让他老爸这样的小丈夫潸然泪下。

文明的标志之一是从无序到有序。从这个意义上讲，动物从散养到圈养委实是一种进步。老虎想逮谁吃谁，这不行，我喂你肉；苍鹰要翱翔万里，也不中，我用铁丝网划出一个三层楼的太空，够不够就是这些。你玩你的，我玩我的；彼此毫不相干，自然也不会有纷争。这景象世界大同、其乐融融。多好啊。你想说它不文明不进步都不行。文明的另外一个标志是高度的统一性，即它具有在整个宇宙推广的价值。适用于动物的，也同样适用于人。孩子从3岁上幼儿园，然后是小学中学大学单位，没有一处不是圈养。别的都好理解，单位需要饶舌几句。别以为你长大成人进了单位就获得了自由，可以重新回到散养状态。从散养到圈养，这是典型的不可逆反应。开弓没有回头箭。圈养的圈，并非仅仅只是铁丝网牢笼或者墙壁。至美无言大音希声，圈的最高形式乃是无形。

是不是文明，最简明的判断标准就是看它能不能为人提供方便。这类似于我们判断好孩子的标准为是否乖、听话。动物一圈养起来，不会漫山遍野地上蹿下跳，人什么时候高兴什么时候看，多方便；孩子一进幼儿园，家长可以得到空前解放。总之都有好处，所以都是文明。这话听起来有点像牢骚，所以幼儿园的老师安慰我说他还没有尝到甜头，慢慢就会好的。这我当然知道。圈养当然要有甜头。比如老虎不用为食物发愁，比如我不用担心月底没有工资领。但是他们却忽略了另外一个问题。我从电视上看到有只大熊猫虽然年龄到了，但就是不会示爱不会交配，急得管理员团团转。有资料显示，如今男人的生育能力呈下降态势，根本原因在于精子质量大不如前。还有孩子，为什么越大越缺乏想象力？原因固然很多，但其中肯定有圈养的杰作。没有长期的圈养，大抵不会有伟哥的流行；没有从民间到官方与文人这个散养到圈养的过程，古典诗歌可能也不会衰落得那么快、那么彻底。

这种状况可以用另外一个文明词汇来概括，即驯化。当然驯化也是一种进步。比如将猪放到老虎身边，一番争斗过后竟然是老虎落荒而逃。再比如我，只要领导说黑是白的，我立刻能从《辞海》第九十九页为之找到根据；领导说白是黑的，我也能在第一时间从相同的页码上找到出处。你打了我的左脸，只要领导说工作需要，我保证会将右脸也伸给你。从大别山区的野孩子到现在的乖乖娃，你说这进步有多么伟大。

我们一方面制造着文明，另一方面又同时成为这种文明的管制对象。这种黑色幽默般的境遇让我想起了一个词，搬起石头砸自己的脚，或者说自掘坟墓。但是这有什么？解决文明造成的问题，是下一个文明的事情。比如我们先为发展而制造一种文明叫污染，然后再为治理污染创造一种文明叫环保。相当于微软公司不断推出的补丁软件。微软的补丁软件如何我没有领教过，但是这个词汇本身却相当吸引人。它简直让我着迷。因为这让我想起了《第二十二条军规》中的梅杰少校，他的工作就是在公文上签字。那些公文"多则十天少则两日，必然又回到他手里。递回来的公文总多了一页白纸，要他在上面再签一个字。这些公文总是比原来要厚得多，因为他上次签字的那张纸和新添的这张纸之间多了许多页，上面有着分散在各处的其他军官最近的签字。他们和他一样，也忙着在同一份公文上签字。"别说这虚无，也别说它徒劳。如果没有如此周而复始、循环往复的文明衍生过程，这个世界上将要减少多少就业机会，有多少人要丢掉饭碗。

跟儿子一同入园的孩子基本上都已经适应，只有儿子还是不安定因素。老师解释说，大概是以前太野了，冷不丁圈起来不适应。的确是这么回事。小时候我想让他尽可能地多接触自然，所以鼓励他到外边野，不管天热天冷。现在看来，这个努力不仅错误简直就是在荼毒生灵。既然圈养是命中注定，那不如让他不知道世界上还有散养这种活法。不知道幸福，当然也就不会有痛苦产生。让他如同机器人或者白痴那样，拨一拨动一动多么省心。现在不是都说嘛，不要做痛苦的哲学家，要做快乐的猪。如此高深的道理儿子当然是不懂的，他今天早上对我说，他要让史老师、龙老师、贾老师统统回家。他真是悲哀，不知道他爸爸的能量多么弱小，不知道他爸爸一方面想做文明的叛逆，另一方面又不得不做文明的帮凶。每天送他上幼儿园的是谁？不是别人，正是本爸爸。

文明的束缚

一只小鸟在树梢上向人类哀鸣：假如你真的爱我们，就应该给我们自由。这是中央电视台上的一则公益广告。关于同一个主题，大约在中学时期我还接触过另外的版本，它们是一首唐诗：百啭千声随意移，山花红紫树高低。始知锁向金笼听，不及林间自在啼。然而后者虽然高度凝练、更加接近艺术的本真，但给我的冲击与震撼却远远不能和前者相比。这倒不是电脑合成技术的伟大胜利，而是在那一刻我突然想起了一个沉重的命题，它关于自由也关于束缚，关于建立也关于解构，关于归顺更关于背叛。

最早听到"不自由、毋宁死"的说法，是和法国大革命联系在一起的，因此在其背后蕴涵着深厚的政治意味。如今血雨腥风已经成为历史，一切都在逐渐还原自己的本来面目，它也应该回归于自己的人文精神领域。说到梁山的好处，好汉们可以列举的优点无非是"大碗喝酒、大块吃肉"，刚开始读《水浒》时囫囵吞枣、人云亦云，没觉得这有什么不对，后来才感觉它背后还应该有点儿什么东西。梁山一百单八将中间真正赤贫者寥寥无几，慢说晁盖、宋江、卢俊仪这样的财主，即便是鲁达、林冲这样的下级军官，俸禄大约也足以维持温饱，大碗喝酒、大块吃肉根本不成其为问题；大家之所以一定要上梁山，除了逼迫的因素之外，真正具有诱惑力的，还是那种精神上挣脱一切束缚、获得空前自由以后所能达到的潇洒状态。如同金庸笔下的侠客，蔑视一切法则和秩序，一见如故则成生死之交，一言不合即以性命相博，没有任何道理可讲，那是一种何等酣畅淋漓的境地！

最初读梅里美的《卡门》（又译作《嘉尔曼》）是在大学一二年级，由于阅历的限制那时我很难接受这个吉普赛女郎的形象，直到现在我才对她那种不顾一切地追求终极自由的强烈情绪产生了些许理解。社会发展进步的程度是由文明来体现的，而文明的外在形式就是秩序和法则。所有的文明对社会的发展都会产生一定程度的推动作用，因为就眼前看它必然是当时最合理最进步的一种；而与此同时，所有的文明也总会对社会和人性产生某些束缚，因为从长远看它必然要被更新更合理的文明所取代。从哲学的观点来看，这实际上是个发展的问题，是量变与质变临界点的问题，而思想者就是在量变与质变的临界点难以定位的漫长时间内，处于苦苦思索而不可解的痛苦之中；文明不断地发展，思想者的痛苦也就未曾稍稍停歇。

对于表达而言，作家是个很便当的职业，他可以随心所欲地指挥笔下的人物。除了给吉普赛女郎卡门当导演的梅里美以外，毛姆的表现似乎也可以成为本文的论据。拉里（长篇小说《刀锋》中的主人公）散尽家产、四处云游，最终竟然不可思议地在印度悟道。他有一笔不小的遗产继承着，女友的父亲还同意给他一个待遇优厚的职位，但他却根本不为之所动。将他的这个临床表现归结于对资产阶级的背叛或者其余类似的说法现在看来都有些苍白，更准确地说还是对一种文明和秩序的怀疑与挣脱。的确，他的所作所为很有些匪夷所思，不仅他身边的朋友难以理解，即便是现在的许多读者恐怕也难以接受。这些人之所以在巨大的时空差别横亘于前的情况下依然能够产生共鸣，唯一的原因只是因为他们都是现行秩序和文明的享有者，因此难以理解别人对这种文明系统的离经叛道。

我一直认为《廊桥遗梦》是《围城》的西方现代版本。将一本畅销书和经典并列并非故作惊人之语，也没有激怒大师的意思，只是因为红杏出墙的弗朗西斯卡并没有和摄影师金凯德私奔，她的婚姻在事实上更接近围城的本意。推而广之，围城不仅仅是婚姻的无奈再现，而是所有文明在思想者心目中的折射。人人都希望能有更加合理的文明形式保障自身的权益，因此反腐败的艺术作品成为热销的卖点；人人也都希望自己能够脱颖而出，挣脱所有文明的束缚达到终极自由，因此金庸的武侠小说拥有无比广阔的读者面。大家一面享受网络技术提供的前所未有的便利，一面痛骂它的冰冷和不近人情。这是一种多么无可奈何的现象。

文明和秩序是永远的、必然的，区别的只是形式而已，自由王国永远都是一个难以企及的梦想。终极自由是个人理想的最高境界，正如微粒子的无规则运动，但是只有抑制这种个体的无规则运动，群体才能获得精神与物质的总体提升，正如物理学中的超导状态。因此从文化的层面来考证，《水浒》的悲剧并非最终的消亡，而是在打破旧有的秩序束缚之后，又不知不觉地进入了新的秩序束缚。梁山好汉排座次是小说的高潮，也是文化悲剧的序幕。正因为如此，弗朗西斯卡的选择显得是那样的明智。

一种文明既然能够长期存在，就必然会使多数人受益。正因为如此，感觉到文明束缚的永远只能是少数人敏感的思想者。思想者不是思想家，不是一种职业。只要他有思考的习惯与执着，无论居庙堂之上还是处江湖之远，就都能感受到这种束缚造成的痛苦，以及必然会形成的落寞与孤独。

谁说孤独是可耻的？从文化的层面来看，只有喧嚣与浮躁和造作的幸福才是真正的可耻。

儿子的快乐

3岁的儿子欢欢在沙堆上快乐地笑着，不停地往自己的小车里装沙子。可是他没发现，负重越来越多的小车已经岌岌可危，随时都有可能翻倒。

这是个冬天的中午，我奉儿子的命令陪他挖沙。煦暖的阳光照在我们身上，一点儿也没有冬天的样子，暖冬的确已经不再是科学报告中的专用词汇。儿子歪歪扭扭地将小车推到沙堆顶上，然后用小铲子铲车轮下面的沙。车轮的基础一点点地被掏空，小车终于嘎啦一声悠扬地倒下，车厢里的沙子又全部回到了沙堆里面。儿子见状不仅没有恼羞成怒，反而哈哈大笑，然后又开始新一轮的尝试。

儿子在沙堆上站不稳，再说毕竟还只是个黄口小儿，因此装满一车沙很需要点时间。小车装了翻，翻了装，他不停地忙碌着，小脸很快就变得通红，也许还有细微的汗珠，这我在几步之外看不清楚。你怎么能取车轮下面的沙呢？这样基础被掏空了，车子不就要翻了吗？我很想提醒他一声，但想想还是没有开口。我们自作聪明的时候实在太多，发表高见之前还是三思而行为好。

儿子就这样重复了半个多小时。他的样子让我想起推石头的西西弗斯。他一次次将石头推上山去，石头再一次次地滚下山来。那时的西西弗斯是何等徒劳、何等的绝望啊，可是儿子却非常快乐。这快乐是真诚的，不掺杂半点水分，这一点即便瞎子都能看得出来。

西西弗斯之所以绝望、沮丧，绝非仅仅因为劳累，而在于他必须寻找往山上推石头的终极目的与意义，即通常意义上的理由。这种可以安慰他的终极目的与意义自然是没有的，他的劳累因此也就成了徒劳，让他不得不绝望和沮丧。同样的情形，儿子之所以快乐，则是因为他不必也从来不曾去试图寻找什么理由。装了就是装了，翻了就是翻了。装满与翻空本身可以都是终极目的与意义，也可以都不是终极目的与意义。他因此不可能不快乐。

可要命的是我们这些自以为是的父母，偏偏要拿这个来要求孩子，恨不能一下子让他（她）产生跟自己完全一致的价值判断。儿子还喜欢玩我的围棋。他将黑子倒到桌上，再将白子倒进原来装黑子的盒里，最后一把一把地拣桌上的黑子往装白子的盒里放。循环往复，乐此不疲。他一天天地玩着，盒子里的围棋子一天天地减少，沙发下面的围棋子一天天地增加，逼得我们每隔一段时间就要进行一次专项清理整顿。妻子深受其害，经常呵斥儿子，口头禅是欢欢你想干什么?!

欢欢你干什么？我也经常这样训斥儿子。不过我这么说的时候与其说是问他，还不如说是在自我追问。我们都觉得自己比孩子聪明，或者说比孩子懂得多，我看未必。我怀疑儿子知道掏空基础小车会翻倒，他之所以还要这么做，是因为他要的就是这个结果，或者说他不在乎这个结果。否则他为什么笑声不断，否则为什么他们的快乐简单而且种类繁多，我们的快乐复杂但是数量稀少？醉翁之意不在酒，在乎山水之间。我们这些机关算尽的成年人，只有在醉酒之后才能达到这样的高度，才能将原本就是鸡毛蒜皮的矛盾暂时化解、举杯一笑泯恩仇，可酒却偏偏被扣上了"乱性"的帽子。"茶是花博士，酒为色媒人"，古典小说里这样的句子不断，你说冤枉不冤枉。

然而我们的机心注定已经不可能消失。成长的过程不是可逆反应。"到此忘机"只能是太湖鼋头渚对世人善良的愿望。可问题是不仅绝大多数人一生都注定无缘来此，即便那些熙熙攘攘南来北往的游客，有几个能注意到这块碑刻并将其哪怕很短暂地放到心上去一会儿，也很值得怀疑。

我们习惯于每天算计，一点一滴地算计，为什么?，干什么?。还美其名曰未雨绸缪。我们很偶然地从几千万只精子中侥幸争取到了唯一的机会，然后事事处处都要询问理由。我们有这样的资格吗，面对那几千万只死难的微粒般的同胞？从心所欲不逾矩，即便是齐白石那样大师级的人物，从心所欲还要在一定的规矩范围之内。作为一种文化现象，这不免有些悲哀。

即便如此又如何呢？爱因斯坦削尖脑袋瞪大眼睛一辈子，有了无数的发现，可最终依然不得不承认：人很难知道他的一生中什么是有意义的，就像鱼对于它终身都在其中游泳的水，又知道些什么？就是这话我也只能同意一半。正因为鱼不知道水，或者说因为鱼不必要知道水的什么，它才能在其中快乐地畅游。

我们不必饶舌那个著名的诡辩，我不是鱼不敢肯定鱼的快乐，但我却可以肯定儿子的快乐。他费了半天劲装满一车沙，并没有如我们希望的那样运回家门口，走到半道上就呼啦一下子全部倒掉了。好端端的他为什么要倒掉？他为什么要倒在这里而不倒在那里？这些平时不会开口但却在潜意识里根深蒂固地存在着的问题，你可别拿来问我。孔雀为什么东南飞还能找个答案因为西北有高楼，那些问题实在远比这个还要刁钻古怪、难以作答。

判断与交换

在大学一年级的公共课程中我曾经学习过计算机语言与编程技术。多年过去，当初那个恨铁不成钢的好心教员口沫飞溅地传授给我的 FORTRON77 语言，几乎完全被后来居上的新东西所覆盖，如今脑海中唯一的模糊印象就是 IF 语句：IF THEN，END IF。假如怎么样怎么样，然后怎么样怎么样。这种最简单的逻辑判断，就是构成计算机程序的基础，无论一个程序如何宏大复杂包罗万象，最终拆分开来，都是这样一个个连续的逻辑判断。正因为如此，计算机采用的是二进制，一个电路接通代表什么，一个灯泡熄灭代表什么。别说当时，就是现在我对此依然觉得神秘和不可思议。

仔细想来，人生又何尝不是如此。懵懂小儿不包括在内，只要人一懂事，所有的行动也就会逐渐分解成为这样的逻辑判断，而且年龄越大、阅历越多、经验越老道，其中逻辑判断的含量也就越高。假如不这么干就会怎么怎么样，只有这么干才能怎么样怎么样，于是他（她）才会这么干或者不这么干。小到给领导点烟续水或者本文中的一个标点符号，大到周作人附逆求荣或者眼下巴拉克在中东和平中的强硬立场，无不如此。电脑技术飞速发展，如今每秒钟运算上百亿次的芯片好像都已经研制成功，因此这样的逻辑判断虽然是令人难以想象地繁杂琐碎，但坐在电脑跟前的键盘族却浑然不觉。电脑再聪明终究也只是人类手下的产物，泰山再高也高不过天去，因此人脑在这个问题上的运算速度更加惊人，所有的逻辑判断也都会在平静的瞬间天衣无缝地完成。判断电脑先进程度的指标是 CPU 的处理速度，而依次类推，判断人聪明程度的指标也是大脑完成这样的逻辑判断的熟练程度。刚入社会可能会有些磕磕绊绊地不利索，但后来成熟了就会成为自然而然的冲动。

电脑是一堆冰冷的钢铁，判断的依据是客观情况，人在这一点上又显示出了主宰者的高明与优越，他们的判断依据大概是自身的利益。这个利益也许与大众同步，也许与大众相违背，而究竟选择哪一种对于人而言又是一个逻辑判断过程，依据还是自身利益。市场经济兴起之前，这样的论调大概算得上冒天下之大不韪，即便现在让人听了可能也不怎么舒服。千百年来，人们早已习惯了在假象中生活，丑陋的肉体外面总要罩上光鲜无比五颜六色的遮羞布，弄得我直到现在喜欢的还是浪漫的乔治·桑而不是鲜血淋漓的巴尔扎克。人是已经并且还在被继续神化的高级动物，怎么可能如此卑下呢？

其实假如你能稍微宽容一些不那么绝对，就完全可以接受这样的观点。我们每天都要面临无数个十字路口，在每一个十字路口跟前都要作出相应的选择，而这个选择的依据就是逻辑判断，换句话说就是价值判断。按照季羡林先生的说法，人都有趋吉避凶的本能。大坏蛋狗汉奸自不必说，即便是历史伟人也不能免俗。他们之所以能够在关键时刻挺身而出成为英雄，只是因为他们不希望成为历史的罪人，因为在他们眼里壮烈地死去的价值大大高过苟且偷生，也就是选择前者固然痛苦，但选择后者更加痛苦，对自己更加不利，仅此而已。

在人生的价值判断中，最常作出的选择就是用自己多的换取自己少的，物以稀为贵嘛。自己多的是资源，自己少的就应该成为投资回报，天经地义冠冕堂皇。于是有人透支青春换取钞票，比如妓女；有人拿名节换实惠，比如贪官。其实不仅妓女与贪官，每人都有这样的嫌疑，最简单的例子就是为了追求所谓的成熟练达，谁没有用单纯换取复杂的前科呢？

电脑由人控制，再复杂的程序如果需要也可以修改，因此判断与选择都是可逆的，而人生则不然。妓女通宵达旦赚来的血汗钱即使全部用来买化妆品，也难以挽回青春的容颜；贪官提心吊胆的非法收入全部充公，也不可能洗清人生的污点。正如只有环境污染恶化到了一定的程度才会引起领导者的注意一样，人们只有到了最后的关头才知道这种选择不可逆的残酷。那些早上在公园里挥拳练剑的老爷子老太太，年轻时为了快乐与方便，谁没有透支过健康呢？

人生如同一只杯子，容量是有限的。要想接纳新的东西，首先就要清空旧有的内容，而这种交换未必就是必然的选择。从这个意义上讲，胸前挂满勋章的老人躺进棺材时，分量也未必会重于夭折的婴儿，尽管他曾经处心积虑地作出过无数的价值判断。

不做君子

假如有来生，我一定不做君子。

这么说似乎有些自夸的意思，其实一点儿都没有。首先，我并不认为自己现在已经跨进了君子的门槛，我只是说，在此之前自己一直试图做君子；其次，即便我说自己现在已经具备了君子的标准，那也没什么好夸耀的，更大程度上恐怕还是一种无奈的表示。怎么说呢，现在君子的涵义已经基本等同于无能。不是都说吗，所谓善良，只是缺乏作恶的勇气。我看这话可以引申一下，所谓君子，只是缺乏小人的心计。如此而已。

我想做君子，是从中学时期读古文背古诗时开始的。从那时起，我了解了许多君子的标准，一门心思将自己当成树古君子之风的试验田。君子安贫。达则兼济天下、穷则独善其身。君子之交淡如水，等等，像这样的词儿我还能随口背出许多许多。我想，君子心怀坦荡，在这个世界上应该能够通行无阻吧？没想到结果正好相反。我刚毕业时，分配到了一个小机关。当时那里面正分成两派，斗得难解难分。我一去，承蒙不弃，两派的橄榄枝齐刷刷地伸了过来。其中有个"帮主"还亲自找我谈话，告诫我说不能事事都没个态度。言外之意我智商再低也能品味出来。但我想不行啊，咱怎么能干这样的龌龊事呢，一定要独善其身。结果这样一来，我反倒成了主要矛盾，需要树个反面典型什么的，他们不约而同地都要将我隆重推出。反正他们两派正好棋逢对手，谁也奈何不了谁。你说，这是谁的错？如果仅仅只有这一件事倒也罢了，关键是这样的例子实在太多，我不能一一列举出来，否则哪个编辑都不会给我版面。

大家都说邪不压正，好像这是真理一般，我看很值得怀疑。我们的现实逻辑基本上都是救火逻辑，火烧眉毛顾眼前的那种。比如污染到了极点，社会倡导环保；黄河断流了，开始整治上游的生态系统；真爱极度缺乏，爱情肥皂剧在电视里泛滥。因此凡是能作为口头语流传开来的，更大程度上还是民众的愿望，而不可能是活生生的现实。比如好人一生平安。你见过几个好人平安一生的？君子跟小人斗，十有八九都是小人得胜。怎么说呢，首先君子不想跟小人斗；其次，君子是讲游戏规则的，而小人不，他们无所不用其极，什么下三滥的招数都敢使。这样一来，君子往往被迫在错误的时间、错误的地点、同错误的对手打一场错误的战争，要是能赢那就奇怪了。说到这一点，最经典的当然是刘邦和项羽。刘邦是个大流氓，这一点大家不用看元杂剧里的《般涉调·高祖还乡》也能知道。而项羽则基本上算得上君子。只因听了范增这样号称谋士的小人的挑唆，才上演了一出鸿门宴的闹剧。不过君子终归是君子，项羽并没有伤害刘邦，而最后的结果，是人所共知的。对于宋襄公，好像一般的评价都是嘲笑，而我殊不忍心如此。不肯半渡而击之，的确是君子的心怀，尽管用的可能不是地方。

卑鄙是卑鄙者的通行证，高尚是高尚者的墓志铭。北岛这诗本身已经够沉痛的了，偏偏还不光小人，在眼前这个一块钱加一块钱等于两块钱的实惠社会里，就是一般人也对君子不感冒。过去只说男孩不坏女孩不爱，现在有了活生生的例子。据说女孩择偶，没人愿意选择唐僧悟空那样的君子英雄，而天篷元帅猪八戒则行情看涨。八戒是什么？虽然够不上小人，但也不过是个夯货的角色嘛。

不愿做君子，并非仅仅因为吃亏上当，更关键的还是累。过去说君子坦荡荡，小人常戚戚，现在正好反了个。小人作恶从来都是理直气壮面不改色心不跳的，倒是君子，要考虑这样做对不对，那样做该不该。结果面子没要着，成为笑柄；罪也受了，被小人算计。你说这累不累？

　　如果有来生，定不做君子。当然也不做小人，而要做个俗人，八戒那样的夯货。小时候听评书《岳飞传》，高宗问韩世忠是不是忠臣。韩对曰我不做忠臣，只做忠良。因为忠臣素无好下场，要么死于敌手，要么伤于暗箭。而忠良不。那时我少不更事，只道这是文字游戏，现在才明白是至理名言。如果有来生，就做这样的忠良吧。也就是舒婷所说的：与其在悬崖上展览千年，不如在爱人的肩头痛哭一晚。

眼不见为净

有个盲人在街头行乞，前面放着一块牌子，上面写道："我什么也看不见。"一位诗人从此路过，在牌子上加了四个字，结果行人纷纷解囊，那不幸的乞丐收入大增。诗人写的什么字能有如此奇效？答案非常简单：春天来了。

春天来了，我什么也看不见。红花绿草白云蓝天，一切的一切都无法领略其自然的美丽，这是何等的不幸。我想绝大多数盲人，肯定都有这样的感觉。但从我的角度出发，我觉得他们固然有不幸的一面，也有幸运的一面。那就是他们虽然看不到许多我们能够看到的东西，但同时也能看到许多我们所看不到的东西。

历史上盲人创造了很多很多的奇迹，比如海伦·凯勒，再比如瞎子阿炳。但对我而言，他们的事迹虽然辉煌但却遥远，都不如一个学胡琴的盲童印象更加直接。那孩子学会拉胡琴以后，又拜到京剧界无人不知的胡琴圣手燕守平先生门下。燕先生接受记者采访时说，那孩子的悟性很高，进步很快。过段时间再看，总有新进步。因此对他非常喜爱，不仅悉心传授技艺，还出钱资助他看病。我还从电视上看到过一个女钢琴调音师，技艺精湛无比，但也是个两眼一抹黑的盲人。

不管是拉胡琴还是给钢琴调音，都是专业性很强的工作。正常人要做好尚有困难，何况盲人。他们俩之所以能达到那种境界，除了先天的禀赋和后天的努力，应该还有原因。这就回到了本文开头的那个论点。我认为盲目固然是个天大的缺陷，但也有自己独特的优势，那就是他们不但能看到许多常人看不到的东西，还能避开许多不必要看的东西。童年时听说过这样的故事，说是兄弟俩一起学习射箭，一个一会儿要看这个，一会儿要撵那个，总是不能专心，结果一事无成。那小子肯定不是盲童，眼睛亮着呢。小时候那个女调音师的奶奶还是姥姥经常逼她一个人上街上公园，后来才知道，老太太每回都在她身后不远的地方跟着。女孩摔跟头，她在后面悄悄流泪。所以我想，她肯定比常人更加清楚地看到了爱。再说那个小胡琴手。现在的孩子基本上都在蜜罐里泡着，不知道冷热，也缺乏责任感。但是我想，他肯定不会这样。因为他比其余的小朋友更加真切地看到了生活的艰辛。

西谚有云：上帝在这里关了一扇门，肯定会在那里打开一扇窗。科学也告诉我们，盲人虽然没有视觉，但其余的感觉器官会更加灵敏。比如听觉和触觉。上面的那两个例子大约都与之有关。不过，虽然它们都能从某个角度证明本文的论点，但依然不能成为核心论据。都说现在是信息时代，信息大爆炸。报纸，电视，网络，手机短信，各种各样的信息扑面而来，种类繁多的娱乐应有尽有，但我们的幸福感并没有同步提高，从某种程度而言，甚至还不乏倒退的趋势。为什么？就表面而言是因为信息过载，但从本文出发，则是因为我们看到了太多的东西。更确切地说，是我们看到了许多原本可以不看的东西。前呼后拥，美女靓车，高楼豪宅。好则好矣，但却未免让人眼热心动，夜不能寐。这样的生活，怎么可能有幸福感。我不知道盲人会不会犯红眼病，估计概率要比我们小很多很多。

只有紧闭双眼，才能真正看清楚真实的东西。这是我最近才悟出来的道理。我一个奔四的大老爷们，没有大起大落大喜大悲，更不敢说历经沧桑。但尽管如此，能悟出这个道理，也还是不易。我无数次地在黑暗中紧闭双眼，结果也确实看到了许多白天看不到的东西。我的那些小说，很多都是这种黑灯瞎火环境下的产物。之所以没有影响，可能也因为摸黑赶制的缘故。莫言说写作时他是皇帝，我没有他那么高的水平，也不敢有那么高的要求，写作时能做个盲人也就不错了。

我当然不是要鼓吹大家都自残成瞎子。我只想提醒大家，适当地闭闭眼睛。眼观六路耳听八方的生活可能不错，但未免太累。

第三辑

浮世绘

河边的舞台

鼓 老

来到跟前，唱腔还没有嘹亮起来。胡琴嘶嘶啦啦的，有些刺耳。那是琴师在调试音准。京胡，京二胡，还有月琴。间或也有几句简单的唱，但只是吊嗓子找感觉，因为戏曲最基本的元素鼓板声一点儿都没有。鼓老还没到。这里的所有票友中，他是最大牌的。来得最晚，准备时间最短。也是，鼓老是总指挥，不管多大的角儿，都得听他摆布。介绍乐队，也按照这样的秩序，司鼓某某，操琴某某。

姗姗来迟的鼓老终于到达。大大咧咧地坐到别人早已为他准备好的凳子上，端起沏好的茶，呷一口，跟琴师一咬耳朵，随即，疏密有致的鼓点就从他手指间洒落，如同春雨飘过绿色的枝头。

很少见到鼓老笑。面无表情就是他最常见的表情。记忆中的唯一一次笑容，是迎接他的小外甥女。那天《锁五龙》正唱到高亢处，一个四五岁的小姑娘突然穿过人群走进乐队深处，一把抓住鼓老的胳膊。他脸上先是一僵，然后绽开笑容。那笑容刚开始集中在嘴角和眼角，依然有些僵硬，如同一团没有发好的面；然后才慢慢在整张脸上舒展开来，像波纹在整个湖面荡开。你怎么来了？跟谁来的？姥姥。小姑娘指指身后。

鼓老一边跟外甥女说话，一边敲自己的鼓点。小姑娘很乖巧的样子，很快就再度穿过乐队，重新回到姥姥跟前。

有一天的天气实在是热。鼓老依然来得最晚。虽然到了场，却不肯打鼓板。一个劲地说热，热，热。别人跟着胡琴找了半天节奏，他只是袖手旁观。到底也没有动手，歇了一气，然后自顾自地飘然而去。

据说鼓老是外地人。"文革"中落难到了这个小县城，直到现在。退休前，是建筑公司的泥瓦工。

探 子

城郊临河的这爿小店门前，就是这个小城里票友的舞台。白天真实生活的幕布落下之后，他们虚幻生活的大幕随即在这里徐徐拉开。场地完全开放，台阶石之下就是街道，来来往往的人群可以是过客，也可以是看客，一切随缘，或者说随心所欲。不过，一般的看客没有座位伺候，而我，这个卧底一般的窥探者，因为经常来，可以享受与票友同等的待遇。过去在报社工作时，多次动过这样的念头，走近这群老人，进而试图走进他们的内心世界，写一篇有点儿分量的稿子。但是一直缺乏足够的冲动。今天，不，是这段时间之所以能天天过来捧场，并非因为天热难耐，而是想写一篇小说，关于票友的小说。工作任务与业余爱好，终究不同。新闻缺乏的冲动，小说全部补齐，还绰绰有余。

都是票友，都是业余，都是虚幻的生活，所以我不想苛责他们的水平。如今传媒分外发达，要听高水准的唱段电视里有的是。若是时间错不开，还可以从网上下载。我虽然五音不全不能唱，但耳朵还可以，能听出不少错误。胡琴本来非常动听，但因为距离太近，却显得有些刺耳。不过，这一切都不能打消我的兴趣。事实上，现在我才意识到，在整个过程中，我几乎始终面带微笑。直到不堪重负的笑肌开始徒劳地反抗。那样子很像一个忘记了大人交代的任务，被路上的风景吸引的孩子。

如果把我的活动都录下来，肯定会很滑稽。不住地左顾右盼，一切都很新奇。那，确实像一个新手上路的探子。任务是一点点地忘记的，在雍容华贵的梅派青衣唱腔中，在潇洒飘逸的马派老生韵味里，在咿咿呀呀的胡琴飘洒下。我总会不由自主地用手在腿上打板，同时跷跷脚掌再放下，跟着演唱者哼哼。因为不是正经的票友，没有专门宗过哪一派，生旦净末丑中除了丑角和老旦，基本上都喜欢，所以许多唱段都能大体跟着节奏哼下来。

言派老生

对我这样站在京剧门槛跟前半内行半外行的戏迷而言，最好辨别的老生流派一是言（菊朋）派，二是奚（啸伯）派。这两派之间有一定的师承关系。其余的谭（鑫培）、余（叔岩）、马（连良）、杨（宝森）派都不好区分。这也很正常。因为余叔岩最早是学谭的，素有谭余不分的说法；后来的杨宝森又专门宗余，余杨不分也在讲。

因为这个原因，我对这群票友中间的那个言派老生印象非常深刻。他的《让徐州》也好，《卧龙吊孝》也好，一唱三叹，不温不火，韵味十足，拿出去都不丢人。不过加深我印象的除此之外，还有一个重要细节。确切地说，是一个玩笑，类似手机短信黄段子的玩笑。那天天热，旦角缺席较多，老半天后才来了第一个。言派老生一本正经地说啊，今天只有一个蛋（旦）。老伙计们哈哈大笑，包括那个老太太，可言派老生还是满脸严肃。我这才回味过来内中的涵义。

笑声很快就平息下来，可我心里的波动却还在荡漾。这个简单的在他们看来再平常不过的玩笑，通盘考虑最多也只能算是淡黄色的玩笑，给了我强烈的时空错位的荒诞感。难道，这就是国粹平民化现实化的结果？

我们总是很健忘，想不起来真正的演员也是肉体凡胎，何况票友。

月琴师

月琴的音域很窄，是绿叶里的绿叶，类似电影中的匪兵甲我军乙。一句话，也是龙套。即便着重介绍乐队，也只到司鼓、操琴为止，其余的全部忽略不计。京二胡都没有位置，遑论月琴。月琴唱主角的时候非常少，因此印象深刻。那就是《空城计》。诸葛亮唱到请上城来听我抚琴时，那阵琴声就是月琴模仿的。很短，几秒吧。为了这几秒的独奏，它们要付出一生的陪衬。

这里的月琴师也很有意思。我不知道他的名字，但刚开始对他充满敌意。因为他形容卑琐，举止粗鲁，脸庞因为黑而总显得脏，手指上还戴个大金镏子，与衣着打扮相去甚远。这帮票友里京胡京二胡都有替代人选，但弹月琴的就他一个，因此雷打不动地每天都来。我每天也都像偷窥者那样，在一旁悄悄观察他。我仿佛能感觉到，串串音符如同淙淙的泉水一般，从他指缝间汩汩淌下，逐渐洗去他脸上的污垢，并且像磨光河床上的石头一样，慢慢将他身上粗砺得令人不快的线条全部打磨得干净柔和。泉水磨光石头需要时间，琴声擦亮他的形象自然也需要时间。他就这么每天悄悄地提着沉重的琴盒来又悄悄地提着沉重的琴盒走，最后我终于接受了他的存在。

后来跟他聊过几句，知道他的金镏子虽然打眼，但却不是大款。正相反，生活其实相当窘迫。在一家半死不活的工厂上班，没下岗但工资收入比下岗也强不了多少。说起来，生活中也是苦命的龙套。

张派青衣

十净九裘，十旦九张。虽然梅派影响巨大，但如今的青衣，还是张（君秋）派居多。张先生也是梅大师的弟子，这，大约算得上对老师最好的报答吧。

这里水平最高的张派青衣，正面临偏瘫的威胁。已经中过风，后遗症是一只手掌已经蜷曲，有条腿不良于行。每天晚上都是老伴儿用三轮车带她过来，完后再带她回去。看不出老爷子对京剧的兴趣，他坐在那儿等候时，面容沉静，身体也沉静。不像我这半瓢水，偷偷地手舞足蹈。

张派唱腔讲究"娇、媚、脆、水",声腔只有一个字好形容——美。刚开始喜欢梅派,后来又迷过程派,现在最喜欢的,却是我们的一家子。张派青衣嗓子确实不错,《望江亭》、《状元媒》、《西厢记》,都很出彩。

但我的目光,却充满了绝望。

死神黑色的翅膀早已在她身上投下浓重的阴影,可她依旧凭着生命的本能在奔跑。但那种努力显得那样的徒劳。也许她并未觉得,但给旁观者的印象,却是无比的绝望。她唱得越投入、越动听,徒劳与绝望的感觉就越发强烈。那是宿命的力量。

总有一天她的嗓音会沉寂下去。但是张派的唱腔还要继续流传。其实并不是人票戏,而是戏票人。它要经历无数的人,无数的嗓子,然后再若无其事地超越他们,绝尘而去。

局　长

有一个短暂的中场休息,因为乐队要喝茶。还有,严格地说,给青衣伴奏的胡琴与为老生花脸伴奏的胡琴是不一样的,条件所限只能用一把,那就要重新调整音阶。间歇中,言派老生鼓动我说,怎么样,小伙子,来一板?我慌忙摇头。不行不行,我只喜欢听,不会唱。怕什么,都是票友,都是学习。我在旁边都听到了,你唱得还不错。说吧,来哪一段?那就来《三家店》吧。流水?对,将身儿来至在大街口。

这段唱我学的是于魁智。他宗杨宝森,就算是杨派吧。表现的是秦琼发配,所谓的男起解。不知道是否因为人近中年却一事无成,我对这出英雄落难的戏,还有表现林冲窘迫困顿的《夜奔》非常喜欢。锣鼓点一起,不用找,感觉自己就能来。虽然高音上不去低音下不来,但这段唱音调不高音域较窄,勉强还能对付,就是尖团字跟上口字还分不太清。

（西皮流水）将身儿来至在大街口,尊一声过往的宾朋听从头。

　　一不是响马并贼寇，二不是歹人把城偷。

　　杨林与我来争斗，因此上发配到登州。

　　舍不得太爷的恩情厚，舍不得衙役们众班头。

　　实难舍，街坊四邻与我的好朋友，舍不得老娘白了头。

　　娘生儿，连心肉，儿行千里母担忧。

　　儿想娘亲难叩首，娘想儿来泪双流。

　　眼见得红日坠落在西山后，叫一声解差把店投。

　　"投"字带一个长长的拖腔。将最后一个音符拖出来，眼睛有湿润的感觉。我想起了在信阳老家的母亲，还有家人。有一片热情的掌声。那是真正的热情。倒不是因为我唱得有多好，主要是他们格外欢迎我。在他们中间，我是最年轻的，也是近年来出现的很少的新面孔。如果知道我是卧底，是临时抱佛脚，他们会悲哀吗？我不知道。

　　我按照规矩，像正经角儿那样抱拳施礼致谢。正在这时，看客中出现了一张熟悉的脸。是某个局的局长。过去跑新闻，经常跟他打交道，彼此都很熟悉。但那是白天，在看不见面具的之下，在所谓的真实生活里。而此刻，我们俩相遇的地方不是宽敞的办公室，也不是豪华的大酒店，而是这么个破败的露天舞台。他没有衣冠楚楚，我也不是西装革履，大家都穿着的长汗衫大裤衩，多年的生活成果都积累在肚皮上面。

　　局长率先转过脸去。我知道这是不成文的规矩，于是也装作视而不见。都没有穿戏装，所以不能进戏。生活的戏比京剧的戏要求更严。票友票戏没有行头还能清唱，但是生活不能。这注定了跟许多人，只能在一同出入欢场推杯换盏时，逢场作戏。

咖啡屋

　　我第一个离开现场。得早点儿回去，伺候儿子睡觉。没有人发现我的离去。或者说，没有人在意我的离去。去留随心，来往随意，真实与虚幻，都在于自己的选择。

紧挨着那片商店是一间咖啡屋，用粉红的暖昧色调装饰着，完全是一副曲径通幽内容丰富的样子。每次来去，都要从其门口经过。这里与票友的舞台前总聚集着大批的免费观众不同，老是门可罗雀的的样子。但我知道其中的玄妙。票友的舞台外表繁华而内心寂寞，而这里则正好相反。

看门的小姐慵懒地斜倚在椅子上，眼睛不时朝这边扫描两下。她一身短打的行头，衬衫和短裤都比我简洁许多，将一身的丰满衬托得跃然欲飞。每天我们的眼神都会有好几次的交错。那是两个世界之间无法交流的徒劳探询。其中都有真切的鄙夷以及莫名的向往。横亘在两道眼神之间的无形墙壁坚硬且厚重，但我能感觉到，眼神正在不断冲击它的基础。总有一天，彼此之间能够达成和解。

我越走越远，舞台上的声音越来越小。最后消失的，是鼓老铿锵简洁的鼓板。

结 局

这段不算短暂的偷窥，对那篇小说基本上毫无帮助。稍微深入一点的关于京剧的东西，都被初审编辑要求删去。他说，太专业，读者不会感兴趣。是啊，那注定不会有几个读者，就像舞台边总是那几个观众一样。

到底也没能真正深入这帮老人的内心。现在我终于知道，那种努力是何等的不切实际。我说的是，理解另外一个人，读懂他的心事，或者被他读懂。我们跟周围的无数人共同生活，他们是我们的同事，朋友，甚至家人。大家一起嘻嘻哈哈打打闹闹，但是距离遥远。你随时都能读得出，灿烂笑容背后难掩的深深孤独。

从那以后，我再也没在那片小店出现。不知道他们是否还记得我这个过客。身体虽然离开舞台，但戏并没有结束，大幕并未落下。粉墨辨忠奸，漫舞清歌皆世态；筝琶弹善恶，急弦悠管尽人情。我已经注定，要做一生疲惫的龙套，永远不能离开舞台。就像那个美丽凄凉的红舞鞋的传说。

人生本是一出戏。第一次听苏芮的《在雨中》时，还是不识愁滋味的懵懂少年，并未真正理解其中的深刻内涵，现在才知道此中有真意，欲辩已忘言。

可惜的是，人过三十，蓦然回首，少年的心事竟无一读者。

活在小城

我有一张号称"绝版珍藏"的邓丽君歌曲 CD，当然十有八九也是盗版的，然而我还是很喜欢，因为她的歌喉的确具有一定的"灵魂穿透力"。这张碟上的主打歌曲之一就是"小城故事"，不过你要是真的相信像她唱得那样"小城故事多、充满喜和乐"，那你就大错而特错了，真的生活在小城市里，才不像她的歌喉那样美呢，一点儿故事也没有。

现在可能没有"一条街、两栋楼，一个警察管两头"的城市了，不过小城还是很小，小到什么程度呢？夸张一点儿说，你在上班的路上如果稍微注意一下，就会发现谁是刚来的客人。小城市里熟人多，三转两转，都能挂上一点儿联系甚至亲戚关系，辩证唯物主义的"普遍联系"原理在小城市真是绝对真理。这样很好啊，办事方便，无论到哪个单位办事，总能找到熟人，所以不会吃冷脸；要是和谁发生误会，他也多半不会较真，因为他拿不准你可能是他哪个朋友的朋友的远房亲戚；偶尔闯了红灯或者走错了单行线，只要你态度好点，交警可能也就摆摆手放你过去了，否则明天来管他要回本子的指不定是他的哪个熟人或者上司；这样也不好啊，因为总有熟人来找你办点不那么原则的事情，办了辜负领导，不办对不起朋友；要是碰上不得不较真的事情比如打官司，那就更要命了，官司赢了，你得罪了对方那边的一串朋友，官司输了，你又有愧于自己这边的熟人，所以要在小城市工作，你可千万别进公检法，尤其不能当律师。

小城市里没故事。小布什不会来演讲，你没有刺杀美国总统然后像欣克利那样一举成名的机会；维也纳爱乐乐团不会来演出，你工作之余也不能像大城市的市民那样去装模作样地高雅一番；从来不申办奥运会，你总也不能投入地疯狂一次，正因为如此，大家都把眼睛和耳朵放在周围人身上，所以即使你喝醉了也得留点神，千万不能说过头话，否则明天一早可能就会有人找你算账。这样很不好，因为你要是偶尔手痒出去搓了两圈麻将，回来只有向家里的"领导"老实交代，要是输了钱就更麻烦；这样也很好，夫妻双方谁也不能秘密约会，所以离婚率总是很低。

小城总是很遥远，指环王姗姗来迟，等他终于来到时，经过报纸电视的轮番轰炸，早已味同嚼蜡。这样很不好啊，你总比别人落下半拍，等你的评论文章写好，报纸的讨论早已结束；这样也很好，二流明星从来不来，你永远不用担心被假唱欺骗；小城总是很单调，风物的耐心很足、常年不变。这样很不好，你想散散心也没处去，这样也很好，你上班不用急着打的，下班不用挤地铁，自行车一蹬也就到家了；小城总是很狭窄，找个工作可真不容易，可也不用特别为房子发愁；小城总是很寂寞，很少有人能和你切磋一下文学艺术或者围棋，可也很容易成名，这不刚发了两篇狗屁文章，就有人送你一顶免费的作家帽子。

这篇文章肯定不好看。可是也没有办法，谁让小城市里没故事呢？

方金素描

屈指算来，方金离开我们已经 3 年有余。别担心，他只是去了北京，而且在那里混得不错；我说离开，是指大家不能天天一起，喝酒或者聊天。那是我非常怀恋的日子。一想起过去，他那头飘逸的长发总会将落满灰尘的生活之镜擦亮。

最近这几年，从生活的滋润程度讲，我可谓一步一个台阶，稳步下降。转业到报社，就是其中的某一级。不过，有所失必然有所得。我因此结识了几个重要的新朋友，他们重新点燃了我的文学梦。方金就是其中的三分之一。对于文学，我是半路出家，也不大读新诗，因此不甚了解他的过去，只知道他当初搞校园文学相当有成就，曾经到北戴河参加过一年一度的全国性诗歌夏令营（幸亏以前不知道，否则必须抬头仰视，大家还怎么做朋友）。他念职业中专期间，校方将能给他的荣誉全都给了他，毕业时又要保送他到天津读职业大学，但被他婉拒。因为当地报社也同时向他发出了邀请。几乎所有的文学青年都对报纸怀有某种神秘的向往与好感，他自然也不能例外。

就这样，他首先进了报社。不知道是不是专门等我，开导我放弃虽然稿费颇丰但无甚意义的邮市评论与副刊随笔，专心写小说。不过不管是不是，我觉得他应该对我收入的下降承担部分责任。什么责任呢？领导责任吧。只有这个不追究。

还是说他吧。进了报社之后，才知道其中的许多微妙、尴尬与无奈。正如那句诗所说的，袈裟未着愁多事、着了袈裟事更多。这倒不是报社本身有什么错，而是整个社会的问题。因为社会这块具有无穷垄断性的主板，已经不再兼容文学青年这种类型的硬件。这是谁也无法左右的现实。方金因此逐渐消沉下去，头发留得老长，办公桌上的废报纸和书籍堆积如山，整日酗酒无度，迷糊的多清醒的少。

这种状态当然是有害的。在我们 4 个人组成的小圈子里，我天分最低语感最差——这绝非故作姿态的谦虚，而是自知之明——但他们几个也迟迟没出什么成绩。不是没有成绩，而是成绩不能与自身的天分与语感匹配。方金尤甚。就我的了解，在文字的空间内，他是个天生的侠客。来去自由，飞檐走壁，无所不能。没办法，这家伙对汉语有种天然的敏感。那种敏感近乎病态，近乎巫婆。好诗句好文章，经常大段大段地过目成诵。但尽管如此，酒精与惰性在很大程度上淹没了他的天才。当然，这一点我能理解，因为他有生活压力。他是家里唯一的儿子，但当时身份还是聘任性质，通俗地说，就是所谓的临时工，没有体制保障。

方金的状况自然为社会所不容。党同伐异乃人之天性。细胞都有排异反应，何况人乎。有一天，老总终于开了口。说方金你的头发难道不能剪剪？你这样影响党报记者形象！方金反问道，哪里规定党报记者不准留长发？老总非常恼火，说你明天要是不剪头发就别来上班！方金说不用明天，我现在就走！说完转身扬长而去。

结果方金的头发也没剪、班还照常上。这件事情过后，他豪情大增，一般领导谁也不敢再来干涉，他的长发也慢慢被大家接受。不过最后，他到底还是剪了头发。因为他父亲过生日时说，我什么都不要，只要你剪掉头发就行。

头发长短并不能说明什么，但是每个人都应该有为自己选择发型的权利。一句话，那是个性是否得到尊重的标志。而小地方向来无此胸襟。后来，方金终于选择了突围。通过成人高考，顺利考入中央戏剧学院戏文系。我认为在深层次上，他的出走与头发是有联系的。一个诗人，应该生活在精神自由的国度里，自由度跟在文字空间里一样。到中戏读书的头一年寒假，方金回来后首先剪掉了头发，然后才回乡下老家，但最近我发现他已经不需要这样了。与此同时，他不仅顺利地在北京站稳脚跟，而且还混得颇为成功。我觉得，这也与他的头发有关系。只要给他空间，他准能折腾出事来。要不，他何以面对自己天分与对文字的敏感。

除了头发与诗歌，还想说说方金内在的东西。严格意义上说，生活中他也是诗人。有些人诗歌可能比方金写得多写得好，但离开诗歌就是凡夫俗子，什么都不是。而方金不。在诗歌之外，依然是诗人。豪爽，大度，江湖，吃软不吃硬；你硬我横，你敬我一尺，我敬你一丈。受人滴水之恩，必当涌泉相报。因为李白，人们相信了两点，一是艺高人胆大，因为他敢天子呼来不上船、自称臣是酒中仙；二是酒兴能带来诗兴，所谓李白斗酒诗百篇。逻辑学上讲，原命题与逆否命题可以互证，我正好可以从反面印证这一点，因为我生性怯懦，素无酒量与诗才；而方金则可以从正面证明。他的胆量大家已经知道，诗才读完这本诗集也能知道，惟独酒量需要多说几句。如果碰上知己，方金喝白酒的感觉跟喝白开水没什么区别。有年冬天，作家刘玉栋跟评论家施战军来胶州，我们一起吃饭，轮方金敬酒时，他说完祝酒辞——那时叫造句，然后端起满满一杯白酒——不多，也就3两3吧，仰仰脖一饮而尽，惊得玉栋一下子站起来，连问这是什么喝法。一般人这样不过是酒徒或者酒鬼，而方金有这本诗集垫底，就是符合大家心目中诗人标准的诗人。

酒量大小确实有遗传因素。玉栋跟战军喝酒都很谨慎，文章照样满天飞。所以这一点可能没有推广价值。但下面一件事，我保证你看后只有服气。以前方金困顿落魄，跟朋友合住在一间斗室。他夏天不挂蚊帐，也从不打蚊子。朋友问他何故，他答曰都不容易。因为可以保证真实性，所以这个传奇般的经历，总让我想起魏晋风度。不是诗人，何以如此！

怎么样？有点儿意思吧。

我对方金的欣赏除了才气，主要就是人品。有次跟朋友聊天，探讨方金能顺利在北京立足的原因。要知道长安米贵，白居不易。北漂中间，什么样的能人没有。后来我们达成共识，一致认为，除了文才，关键在于人品。或者说，是因为这两者都很过硬。当然，他不是通常意义上的那种好人。我这样的那样的好人，从另一个角度讲，往往跟无能相近（所以我现在特别讨厌别人说我是好人，尤其是女人）。而方金不，他是个聪明能干的好人。对此我不想细说，否则会起反作用。而且这个问题细说也没什么意义。如果你是方金的朋友，或者即将成为他的朋友，你早晚会发现这一点；如果不是，或者没有这个趋势，他的人品好坏跟你也就没有关系。正所谓吹皱一池春水，干卿何事。

前面说过，我不懂新诗，也几乎没有真正阅读过方金的诗歌，包括他的得意之作——这也很好，免得加重我的自卑——但这并不妨碍我们俩成为朋友，真正意义上的朋友。喝酒吃肉之外还能交心的朋友。之所以如此，是因为我们有共同的爱好或者痛，那就是文学。我虽然不懂诗，但他懂小说，我们有许多共同语言，但这是最下面的那层基础。当然，你也可以成为他这样的朋友，但这需要一个前提，你可以不爱文学，但不能没有趣味。没有趣味而能成为方金朋友的，目前只有我自己；当然还有一个更加基础的前提，那就是你必须人品大节无亏。这一点，连我也不能例外。

读读方金的诗集吧。看看一个真正意义上的诗人的作品。那是对他这个人更加充分更加全面的诠释。跟他的诗句相比，我说的这些都是废话。

彩民大刘

那天走进大刘的办公室，他只跟我打了个招呼就低下头接着忙活，这可有点儿反常。过去我一来，哥儿几个你一言我一语很快就进入了神聊状态。或者是文坛新闻，或者谁看了哪篇好小说，中心内容是如何尽快钻进文坛大红大紫。今天这是咋的啦？

大刘老半天还不抬头，弄得我多少有些尴尬。上班时间聊天，我本来就有点儿做贼心虚，大脑再这么长时间地处于空白状态自然更不是滋味。我问他大刘你忙什么呢？他从桌上抬起头冲我神秘地一笑，说彩票的规律。我问你研究出道道来没有？他说快了。我往前伸伸脖子，隔着办公桌看见他手下的几张纸上写满密密麻麻的数字。沉默的空气的压力逐渐增强，我只好没话找话，问你能不能将你的思路用最简洁的语言概括出来？他认真地抬起头侃侃而谈：各个数字出现的概率一样，这个道理没错，但这只能是连摇无数次最后出现的情况，至少要 250 万次以上，谁也没有这么多的钱来逮这个概率。但在一个局部，同样的幸运数字组合连续出现的概率应该比其余数字大些，因为它们是同一个机器摇出来的，多少有点儿倾向，你明白吧？他的话我基本上没听进去，偶尔透进大脑的几个字符又不能苟同。不过他的兴致如此高昂，实在不忍心往上浇冷水，于是胡乱应付着点了点头，然后讪讪而去。

随后几天一直没动静。再一天我去，这家伙还在那儿忙活。当我问起战果时，他满脸壮志未酬的表情摇了摇头说非常遗憾，一无所获。我发现我走错路了，正好走了个对过。概率论的道理还是对的，那些数字组合这段时间一个也没出来。上次研究的结论应该正好相反，我现在就准备按照这个思路采用复式投注。我点点头说好你买吧，肯定能行。

再过一段时间，大家在一起聊起这个话题，大刘说复式投注完全是骗人的说法，希望你多掏点钱。我接过话头，说我理解这复式投注就像高炮打飞机组成的火力网。二战期间苏军平均两万多发炮弹才能打下一架德寇的飞机。你组成火力网也罢不组成火力网也罢，秋后算账这个投资规模是不会节省多少的，组成火力网的好处是能节省一些时间，快点将飞机打下来，那时最重要的不是炮弹而是时间。眼下这复式投注大概也是如此，能够加快你发财或者破产的速度，对吧？他略一思忖旋即用力点了点头，连说是是是。

这天我在省级大刊物上发了一个中篇，按照圈子的规矩，要请大家伙撮一顿。人都到齐该往饭店进发了，可大刘还闷头忙着填彩票的号码。因为记挂着酒菜的香味，我很着急，不停地催他。他将号码往我跟前一扬，说你看这个能中头奖吧？我一看数据是个等差数列，就说哪有这么规律的幸运号码，你还是改一个吧。他想想说也是，随手就将 24 改成了 26。

酒桌上的话题是先从彩票开始的。我问大刘假如中了 200 万首先干什么，他脱口而出，说首先要设个文学奖，奖励那些没有出头正在为争取话语权利而斗争的青年作家。旁边一个文友接口道：首届彩票文学奖的一等奖，就是你的这个中篇！我说好，就冲你这句话，改天我再请一顿！

第二天，大刘推门走进我的办公室，将一张报纸往我跟前一扔说你这个乌鸦嘴。你看看你那句话的价值吧，两万多呀我的哥哥！我仔细一瞧，原来号码出来了，假如 24 不改成 26，大刘就能中个三等奖，本期的奖金在 2 万以上。大刘说文学奖已经发给你了啊，你自己不要我也没办法。

看这样子，我还得安排个"答谢"宴会。

股民老周

　　老周和编辑部的一个同事是朋友，经常过来找他。我们办公室每天都有不少客人，所以我过去对他只是脸熟而已，没有打过招呼，真正坐下来认识还是通过围棋。那天同事对我说有个高手要向你挑战，我一听顿时来了精神。许久没摸棋子，我的手正痒痒着呢，这样的机会自然不能放弃，于是就问是谁。同事说我朋友老周啊，经常过来找我，你应该认识的，他是业余 3 段高手。最后这句话一下子将我的豪情和斗志浇下去了一大半，因为自己的棋力最多也就是个初段水平，真要碰上 3 段还不得稀里哗啦，于是赶紧给自己留了条后路说哎哟 3 段真是高手，我肯定下不过他的。话虽如此，平日里老在同事跟前高谈阔论常昊、李昌镐这样的世界顶尖高手，现在却在 3 段跟前望风披靡，面子上多少有点儿过不去，再说我也真想见识一下高手的水平，于是就答应了。

　　一交手我就知道他的段位有水分，很快这盘棋就没法下了。真要平等较量，让他二子才有真正的胜负可争，至少我让先倒贴目是肯定没问题的。第一盘下来老周有点儿不服气，过两天又下了一盘还是如此，这才接受这个现实，自我解嘲说这几年先是忙生意，后来又忙着炒股票，一直没工夫下棋，确实手生了。

　　后来老周再也没提下棋的事，我自然也没有这个兴趣，否则和他下多了自己的水平肯定也会不由自主地跟着倒退。但尽管如此，我们俩的接触慢慢多了起来。那天我们几个一起吃饭，菜都上齐老半天了老周还没露脸。来后他一推门就开始道歉，说他得等到股市收盘才敢走开，否则弄不好就会造成好几千的损失。

酒菜的香气和肚子的抗议将老周的解释从我们耳朵旁边轻轻支开，大家白瞪着眼睛谁也没有真正听进去。低下头猛吃了一会儿，原本空落落的胃多少有了点儿着落，都市文明这才逐渐回到我们脸上。我和老周随意说着闲话，大致了解了他的情况。前些年他跟别人打工，后来又自己开了门头做小买卖。从去年开始生意越来越不好做，老周见状就将门头盘掉，集中起手头五六万块钱的资金炒股票。老周炒股票的方法比较新潮，他不成天泡交易所，而是配上电脑在家里炒。风吹不着雨淋不着，高兴了还不耽误看电视，足不出户，非常方便。话说到这儿，我们自然要问问他的战果如何，这下可正好挠着了他的痒处，他嘿嘿一笑说这两天真不错，每天都有两千多的进项，比做买卖是强。我说每天两千，那一年不就能翻好几番了吗？老周说是呀，我也不敢相信赚钱原来这么容易。真后悔动手晚了，现在都这样，你想股市刚开始那阵子，还不跟低头拣元宝一样？大家一听都来了精神，一致要求老周出点血，老周原则同意，但表示平时没大有工夫，得等到周末，那时股市停盘。

从那以后老周一来就报告大家好消息，很让同事们振奋了一段时间。再后来他来的次数逐渐多了，而一问他行情，又总是摇摇头说大盘不好，老是盘整，因此没钱赚；然后来报社的次数就开始减少，直到有一天我偶尔问起来，大家这才发现他好久没来过了。

再次碰到老周是我从邮局回来的路上。我到邮局寄稿子，顺便买份《中国证券报》周末版。我是该报"邮币卡版"的专栏作者，编辑嫌麻烦不给寄样报，每周都得自己去买。老周一见我说哎呀我正好有个个人的事情想求你帮忙，随即将我拉到路旁。看到他那神秘而又恳切的样子，我猜可能与钱有关，结果果真如此。原来老周炒股票的好日子很短，不久大盘就开始掉头往下。他鼓起勇气屡败屡战，结果却是越忙越赔。以前的利润不仅全部打了水漂，连老本都搭进去了一万多。他一看不是办法，就寻思找个风险小的基金投资。看了半个月，他选准一家基金然后满仓买进，但没想到不久就被摘了牌，让他想跳楼都跳不下去。等啊等啊，等了老长时间，出来通知要重组配股然后除权再上市。配吧实在没钱，不配吧就等于眼睁睁地看着自己的血本再被割上一刀。他没办法只好到处借钱。

老周向我开口，要么是他人的确太随意，要么就是他实在走投无路。不过慢说我手头不方便，即便有钱也不能借给他炒股，这不是帮他而是害他，就像交易所允许的透支一样。老周一听，眼角里微弱的希望之光慢慢熄灭，说没关系没关系，我再想办法吧。刚一扭头要走，他忽然看见了我自行车篓里的报纸，惊奇地问你现在也炒股了？我说不是，随即解释了原因，老周一副松了口气的样子说不炒就好，这是个无底洞。我现在见谁都劝他，没陷进去的千万别陷进去，这东西不好玩。

过了几天，我和《羊城晚报》的一位编辑通电话，过去我在他的版面上发了不少稿子，一问他现在改编股市版了。我说那你也肯定炒股喽？他说那当然，干这个的再不炒股找找感觉，那工作还怎么干？你以前写邮市，不是也得自己亲自下水试试深浅？我说你又炒股又编股市版，对股市肯定很通的，那你说说这股市到底怎么样？怎么大家都说赔钱呢？他说你别听他们瞎吆喝，赔了钱嚷嚷，真正赚了钱就不告诉你了。我说是吗，是不是南方人都这样精明谨慎？不过据我观察，北方人似乎正好相反，我周围的朋友几乎都这样，从来都是只有过五关斩六将而没有走麦城。他说是吗，这我倒没注意，南北还有这个差异。不过无论是赔是赚，炒股票都蛮好玩的。不信你自己试试好啦。听了这话我心说要试还是你试吧，我没有这个时间，更没有这个胆气，随即打了几个哈哈就扣了电话。

　　老周又很久没露面了。我想这段时间他的棋应该会有点儿长进。

老付其人

那天下午去上班，在路上迎面碰见了老付。算起来我们两年多没见面了，以前又坐过小4年的对桌，因此随口打声招呼就走人未免有些不合适，于是我停下自行车和他寒暄了几句。

我问老付现在干吗，他说在河南修高速公路。老家的交通状况远不如山东，高速公路只有两条，这我是知道的，于是就问你是老板？他脸上微微露出很谦虚的笑容，说也不是什么老板，领着一帮人干就是了。我问多大的活？他还是很谦虚的样子，说不大不大，9.3公里，造价不到一个亿。这个数字立即让我肃然起敬，说修高速公路肯定比建筑好干吧，这种重点工程的资金应该是有保障的，不会拖欠。他点点头连声说那是那是，修路的利润比建筑是高多了。

当时老付手里正提着一包洗漱用具，看样子是刚洗完澡准备坐公交车回家。当了大老板还这么节约，到大澡堂洗澡，连个出租也不打，看来他真是干大事的样子，一点儿都不张扬，简直可以和盖茨媲美。正寻思着呢，公交车来了，老付匆匆告辞说先这样啊，过两天我请你吃饭，咱们再好好聊聊，随即上车而去。

以前我跟老付同事，他比我先去，有点儿老同志的性质，尽管我从理论上讲还算是他的上级。那时他和老领导关系很僵，和我的交往比较多，经常撺掇我跟他一起做买卖。今天要倒煤，明天联系酿造啤酒用的助滤剂，后天思谋着将化肥从江苏老家卖到河南。我那时刚刚毕业，胆小，而且多少还有点儿读书人的自命清高，对这一套不大感冒，因此只是虚与委蛇，从来没有真正介入过。

幸亏如此。后来我才知道，全院的同事中只要能说得上话，老付逮谁跟谁借钱。数目也不大，总是两千三千的样子。借的时候说得好好的，不出俩月撑死三个月一准完璧归赵，还的时候可就没谱了，两年三年也未必有影。有一次他说有关系能揽到工程，带我们一个包工头朋友四处旅游，钱花了一两万，工程也没见着半根毛。开始因为大家都是同事，谁也不好意思撕破脸皮讨要，直到后来发觉他的债权人遍地都是，这才明白问题的严重性。数目一汇总，事情就汇报到了医院领导那里；不久老付离开医院，去了一家建筑公司，两年多以后我也换了一个饭碗，大家见面的机会也就少了。

回来的路上正好碰到老付的一个酒肉朋友老孙，去年他们俩还经常在一起喝酒。我一说这情况他就来了精神，说正要找他呢。我问找老付干吗，他说要钱。老付借他 3000 块钱，好几年了都没还。我说那好你赶紧去要吧，他现在接了这么大的活儿，3000 那还叫钱？老孙说屁，你别听他瞎吹。他在修路工地上当小工还有可能，老板，哼，瞎子也不敢把活儿给他呀。一个亿，他先把老李的水钱还回来再说吧。我问怎么回事，他说朋友老李经销纯净水，老付说要帮他推销，大家都是朋友老李自然没有不同意的道理，于是陆陆续续拉去了 100 多桶。水虽然在不断地往外送，但钱却老是返不回来；老李急了上门去要，老付又不见人了。问他老婆，他老婆说她还想问问他们这帮酒友呢，这些日子见没见着老付的人。

我们俩哈哈一笑。老孙说不管，先杀他一顿再说，反正钱一时半会儿是没指望的，全当存本取息吧。说完我们俩各自回家。

同窗王捷

王捷其实什么都不错，可我却总有些鄙夷：军校大学生嘛都有些野心，我那时正言必称苏联名将朱可夫元帅，而他特别反感那些"因过早地发胖而行动迟缓的人"，王捷正好属于这一类，改革开放10多年的成绩似乎全部写在他一个人身上，胖得好长时间穿不上军装，因为军需库里压根就没有合适的号。

但这家伙体胖心广，一点儿也不往心里去，还每每振振有辞地为胖辩护：刘邦的儿子为什么叫刘肥？古人以胖为美你们知不知道？没文化！一副死猪不怕开水烫的架势，因此等他宣布要减肥时大家都觉得有些突然。事后了解原因在他的梦中情人沈小姐身上。我们班男女比例不足三比一，生态本来就严重失衡，再加上还有外班男生虎视眈眈在卧榻之侧，大家就谁也不敢玩王羲之坦腹东床的风度；王捷一直向沈小姐大献殷勤，这个格局大家都已默认，他也俨然以情人自居，可有一天沈小姐谈及某明星时嗤之以鼻：都快一步一个脚印了，哼！言外之意不喜欢胖子，这个意见他当然要慎重考虑。

军校的伙食标准高，重庆的物价水平又相对较低，伙食好得简直一塌糊涂。其中有道菜给我的印象尤其深刻，现在写到这里口腔还不禁要分泌出许多汁水来，那就是烧白，和江浙一带的梅菜扣肉有异曲同工之妙，但味道又远远出乎其上：肥而不腻，香味扑鼻，我们都喜欢吃，王捷犹甚；因此一说他减肥大家都当做笑话听，不过他的意志还真坚决：

早上省略咸蛋，中午不吃烧白，晚上削减二两米饭。第一天中午大家逗他，夸张地惊叹烧白的味美，他竟然扬长而去，端着饭碗自己回宿舍吃去了，就这样一直坚持了一个星期。

星期天晚上他终于顶不住了，快熄灯的时候拉着我陪他到小卖部买了两包方便面一个午餐肉，他先吃了一半，吃完后定定神觉得还不解恨，决定全部消灭。黑暗里听着他呼呼噜噜的进餐声大家非常开心，纷纷打趣：胖子，你这个星期的损失基本上全补回来啦。喧哗声引来了查房的队长，手电筒的光圈里王捷汗流浃背、满嘴是油、手忙脚乱，大家的笑弄得队长莫名其妙。

王捷的新计划是运动减肥。打篮球、踢足球大家都不愿意要他，不光因为他的水平臭，关键是他显得特别懒，老是慢半拍，结果激烈的对抗往往消解成为滑稽的幽默，搞得大家哭笑不得。几次下来，他也不往里凑了，改为晚上练哑铃、做俯卧撑，说是这样可以练肌肉，一举两得呀，他夸张地摆出一个健美的造型。

他减肥我们难受：俯卧撑刚开始的几个动作还算标准，很快身体就变成一只虾米，屁股醒目地突出来；哑铃的七八个来回之后，胳膊也与身体形成一个突出的锐角，这样会有什么效果？大家都知道这是偷工减料，只能寻求一点儿心理安慰，但听到他那痛苦不堪的数数声谁还忍心揭发？

几经周折都没什么成绩。搞毕业设计时沈小姐的恋情公开，情人不是王捷，他蔫了，学会了抽烟喝酒，彻底放弃运动减肥，但论文作好以后，却明显地瘦了一圈。分别的时候我正好和沈小姐同一车次，王捷领着晚走的同学去送我们，车没开时大家有说有笑，汽笛一响他就开始用手擦眼睛，凑到我的跟前说："哥们儿，我告诉你一个祖传秘方，失恋是最好的减肥药，不信你试试！"

　　前段时间和他通了个电话，他告诉我经过强烈反弹，现在早已稳步迈入"奔驰200"的行列。你小子的意思是现在感情生活不错，对吧？当心哪天见到沈小姐旧情复发哟！咳，没关系。我是流氓我怕谁！听听，口气嚣张得伤疤才好又忘了疼。

饭蹭子

饭蹭子就是职业蹭饭者。因为职业的原因，他们要经常出入官费宴饮场合，天长日久，也就成了饭蹭子。

饭蹭子虽然经常出入免费饭局，但并非显要人物，也非显要人物派生品，比如秘书司机之类。这样的人，在场面上也是主角，怠慢不起的。就是那句话，宰相门房七品官。饭蹭子呢？则跟在那些不怎么硬气的领导身后，要么是他的司机，那么是他的跟班。请注意，跟班就是跟班，而不是秘书。他们那个档次的干部太多，都配秘书别说人民，就是他们自己也吃不消。饭蹭子就是这么个档次。甚至直接就是工具车的司机，根本没有固定的服务对象。

因为这个原因，饭蹭子很珍惜每次宴饮的机会。这可以从两个方面得到证明。首先，饭蹭子吃饭都很讲究实际。开席之后的头一回合，原本很活跃的饭蹭子会难得地沉默一阵子。没办法，他只有一张嘴。说沉默也不太确切，因为他会发出中等响亮咀嚼声，而其中的内容，多半也是红烧肉和酱牛肉这样的实在货。尽管酒足饭饱之后，他会故作文雅地用左手遮口，右手拿着牙签心满意足地一边剔牙逢，一边微皱眉头看着饭桌感叹清淡菜太少。其次，饭蹭子是逢请必到甚至不请自到，每次活动刚开始不久，他都会将举办单位的对等人员拉到一旁，询问午饭或者晚饭的安排问题。在这一点上，真正体现了那句话，民以食为天。

因为永远都是配角，饭蹭子难免心有不甘。但又无可奈何，怎么办，只能自珍自重，自己将自己当根葱。不管三九天还是三伏天，领带永远板板正正，派头比英国人还绅士。尤其是冬天，南极人那样品牌的保暖内衣穿在里面，外面西装革履。当然，西服是要敞着怀的。那劲头，跟大棚里的反季节蔬菜一样，都想讨个好市口。不过仔细看去，也有些破绽。衬衣、西服与领带的颜色经常矛盾，而且内衣领子往往也会情不自禁地要出人头地，从衬衣上方漏出一小溜。这也是没办法的事情。饭蹭子也就这么个条件。那些衬衣领带和内衣，多数都是活动的纪念品。因为是团购，所以无法体现个性。饭蹭子只能就合。

不过，饭蹭子很会见缝插针地争取主动权。每到一个新开张的大饭店，他们总会熟门熟路地用那些含蓄点的黄段子局部先拿小姐开心。好像那些小姐就是天生下贱，而他自己的母亲与姐妹都没有性别。因为赴宴的对那些段子耳熟能详，而小姐则往往是满脸茫然，因此这招对活跃气氛委实有效。饭蹭子也一下子就将大家的注意力从主角身上吸引过来了。这表明，尽管这家店刚刚开张不久，但他饭蹭子已是此地之常客，端的是厉害。

饭蹭子自珍自重的另外一个手段就是责怪饭店的服务。也不是正儿八经地责怪，他不敢。他只是微微皱着眉头，脸也不对着小姐服务生和同来的客人，而是低头看着桌面，或者腿上的餐巾，一边玩弄茶杯盖一边抱怨。语气是自言自语式的，既体现自己的大度，也体现自己对这里的轻车熟路。见到这个局面，有人当然会从旁边打趣，谁谁谁你不得了，是这里的常客呀！每当这时，饭蹭子的表现则愈发得体。他很谦虚地放下茶杯，微笑着连连摇头，答道也不是经常来，就跟谁谁来过几回。这谁谁可能是正经的领导，也可能是个语焉不详的单位。左右都是借光的意思。

饭蹭子最出镜时还是在饭局的尾声。那时，他早已将餐巾叠好放进腰包，眼睛则在桌上飞快地扫描着，看看剩下了几盒烟几只火机。剩菜当然他是不肯打包的，一来怕别人说，二来晚上可能还有饭局，他用不着。全体起立的工夫，他会迅速抓起那些烟和火机，挨个往人跟前送道带着吧带着吧。不带也是浪费。客人哪有那么不识相的，因此这些东西多半都会被饭蹭子包圆。至少，他也要占个平均数。

　　现在饭蹭子实在是多。这也很正常。怎么说呢，不是一再强调同吃同住同劳动吗，有领导一口饭，也就不该饿人家饭蹭子的肚子。我的意思是说，大家看到最后，不要对号入座。如果实在需要一个人，那么我自己来好了。反正我也是单日不请客，双日吃人家的主儿。

小官僚

身着刻板的西装，打着整齐的领带，足下的皮鞋一尘不染，光滑得蚊子或者苍蝇偶尔落上去都要小心翼翼，否则一不小心就有可能扭了腰；腋下夹着一只未必名贵但也肯定不便宜的公文包——因为这包都不是自己花钱买的，遇见半生不熟的人都会飞出一种成熟得有些莫测高深的微笑，这人十有八九是正在混机关的小官僚。就是那种正处心积虑出落成领导，但还没有达到目的者。十有八九连个科长都不是。最要命的，也就是个享受股级干部待遇。

翻翻《辞海》，机关是"机器上的关键部位，比喻要害部门"。本来是要害部门却要说"混"，多少有些不恭，不过您先别急，这里面是有些讲究。

小官僚没有朋友，只有同事上级和下级，他对谁都不能说一句整话；小官僚周围也全是朋友，他对谁都要嘘寒问暖，关怀备至；小官僚没有领导，因为只要不是直接管他的，再大的官也不会轻易说他半句；小官僚也到处都是领导，因为见谁都要戏称领导请他指示，尤其是在电话里；小官僚从不说不，只说但是或者不过；小官僚也从不说是，只说我看可以或者研究；小官僚从来不会笑，因为那笑容后面总还有点儿别的内容；小官僚也最会笑，从谦卑的笑、适可而止的笑、得体的笑一直到皮笑肉不笑无一不精；小官僚最爱听"该出手时就出手"，因为他们实在憋得难受，所以有时难免要做点同事的小动作；小官僚也就听听而已不会当真，因为他们之间连红脸都不会，慢说出手练上两着了。一句话，小官僚是天生的外交家。

小官僚都可能成为演说家，因为整天呆在办公室里闲聊，再不会说的人也练出来了；小官僚也都是茶道高手，因为喝茶是他们每天的必修课——说到茶，这里面的学问大了，即使蒙上脸你看不出年龄，也能从喝茶上看出他们的资历：会议室里不带茶杯的那是小年轻，茶杯放在茶几下面偶尔低头小心地抿几口的是老资格科员，茶杯放在茶几上面以便人添茶续水的才是领导；小官僚的知识尤其渊博，远知道弹劾克林顿、中东问题、伊拉克危机、朝核六方会谈，近知道股市扩容和影视圈潜规则，身后报夹上的那一长溜报纸是他们知识的源泉，因为机关有规定可以看报纸但不能看闲书；小官僚都能成为最优秀的自由撰稿人或者伟大的作家，因为他们会写材料啊，都有将百字事迹变成万言材料的生花妙笔，你算算这稿费能翻多少倍？这还不是最关键的，更关键的是他们最会无中生有寻找或者创造闪光点，所以当了作家或者自由撰稿人从来不用像我今天晚上这样痛感江郎才尽被题材愁得焦头烂额；小官僚是最称职的户籍警察，他们几乎能够一口气说出从省委省政府一直到门口街道办事处所有官员上三代下三代的来龙去脉，表示他们早已做好准备一旦有机会就要心甘情愿地去给人民当公仆；小官僚还像电脑程序员，一级一级地找领导签字或者盖章，即使需要在后面专门附一张签字盖章纸也在所不惜，无论缺了哪一级都不会让通过。

别看才是小官僚，您看看这要求有多高？太认真的人难保不会累死，所以才有了上面的那个"混"字。不过看到这里您可别乱猜，这上面都是说我自己呐，而且还就因为这些个，几年前我已经被机关给开了，哈哈。

男人三十

人说男人四十一朵花，按照这个逻辑，30 岁的男人即使不是蓓蕾初开，最起码也该是个花骨朵，不过这只是别人的臆测而已，30 岁的男人自己是感觉不到的。30 岁的男人是什么样子呢？

30 岁的男人是家里典型的三把手，夜里要起来给孩子把尿、换尿布，虽说因为身上没有设备不用亲自给他们喂奶，但总要被他们的哭声惊醒，囫囵觉是睡不好的，因此早上总是睡眼惺忪地上班，然后再回来带他们；班上要回答上司的问题，回家要回答孩子的问题，而这些问题有一个共同的特点，那就是难度很大；至于妻子，早就忘记了初恋和爱情，一门心事全都用在孩子身上啦。

30 岁的男人是块半圆不圆的石头，或者是块稍微还有些刺手的毛坯。男人三十，身上的棱角已经被打磨得差不多了，不过还只是一个社会半成品，因此他们偶尔也会和上司面红耳赤，但想想总是后怕；一时性起，可能不该出手的也出手了，过后又未免后悔；虽然基本上掌握了和卖菜大妈斤斤计较的要领，但也许有时还会脸红。

30 岁的男人已经没有梦想，可是心里还会为这无梦可做的日子而感到无聊和痛苦。临出校门的时候，男人的心比天高，眼睛根本没有睁开，总是发愁在哪儿能找到一个足够合适的单位才不至于埋没自己，机关没水平，企业不景气，学校又是清水衙门。男人所有的梦想都是雪花，而从走出校门到 30 岁的这段时间，就是雪花落地的时间，雪花一落地，眨眼间就看不见了，于是他们不再想当将军，也不再想成为总统、作家、英雄或者科学家，他们已经瞪大了眼睛；梦是已经没有心情再做了，不过尽管如此，在偶尔有闲独自一人的时候扪心自问，30 岁的男人还是不免要为逝去的梦想而唏嘘感慨。

30 岁的男人不再写信，可心底里还盼望信来；30 岁的男人开始怀旧，可是又不敢面对过去的相册。30 岁的男人还怀念同学，从心底里希望知道他们的心情和消息，可是又不愿意写信，因为他们知道这封信多半不会有回音；30 岁的男人并未忘记母校和老师，可是又觉得影集和纪念册沉甸甸的捧不动，因为同样的豪情万丈，可是谁谁已经带了什么长，谁谁已经赚了多少钱，自己呢？还是空空的行囊。

30 岁的男人心里不情愿，可是还会为领导端茶倒水、续酒点烟；30 岁的男人不再怦然心动，可是还会情不自禁地为漂亮的女人而频频回首；30 岁的男人不迷信，可是最忌讳"三十而立"这句话；如果有，30 岁的男人要将呼机和手机别在腰间最显眼的位置上，并且希望它们在大庭广众之下最清脆地叫响；30 岁的男人喜欢和朋友们一起喝上二两以后再打麻将，然后回家说是有应酬；30 岁的男人愿意彻夜看足球，自己不能，就为别人的痛快淋漓而声嘶力竭地吼它一夜吧；30 岁的男人看不进去名著，30 岁的男人开始喜欢肥皂剧。30 岁的男人还有什么毛病呢？可能你比我还清楚。

坐　坐

如果有人说哪天请你一起坐坐，你就真的打算在哪个地方坐下，对不起，那可就是你已经落伍的标志。这坐坐固然要坐下，但最主要的内容却是要喝酒。

请你吃饭，这话要多土有多土。因为普遍营养过剩，如今大家都在注意保持体形，吃饭谁还感兴趣啊；请你喝酒，这话又显得太露骨。如今的社会是两个极端，一个要直奔主题，比如电视里面的"爱情配对"和"非常男女"，两分钟搞定终身；一个要刻意含蓄，比如大门口看自行车的阿姨，是"自行车管理中心主任"，比如两块钱的茶叶外加一个10块钱的盒子，然后成为"十大名茶"，都能给人以充满张力的美好想象，这坐坐也是这个意思。你想稍微像样一点儿的酒场，没有两三个小时下不来，大家不坐着还能站着不成？因此这话绝对没错。酸文人没有别的本事，可是会咬文嚼字，这坐坐的手法，很有点像中学语文课本里说的"借代"，再在往古里说，"言在此而意在彼"，这是《诗经》"赋比兴"中的"兴"。您瞧这话有多含蓄多文雅，不冲别的就冲这个，慢说是喝酒，就是上刀山、下火海您也得去不是？

既然是坐坐，当然要分宾主坐定，但是慢来，这坐的学问可大了。梁山好汉豪爽不豪爽？最后也要排个座次；出家人"四大皆空"，可照样有"高级和尚"，所以既要分宾主，还要分主次，然后才能入席。大家坐好，然后倒上满满一大杯，通常是主陪领三口酒、"造三次句"喝完一半，叫着"三口到中央"，然后交给副陪如法炮制，叫着"六口到地方"，大家喝完这杯，是"共同科目"；古人的习惯是"酒过三巡、菜过五味"，时代发展了我们当然也要有所进步，因此此时酒虽然已过六巡了菜也未必能过五味。既然是"共同科目"，那就谁也不能例外，喝多喝少是"酒平"问题，喝不喝却是态度问题。本来如今的世界上只有两种人，穷人和富人，或者说有权的人和平头百姓，一上酒场，就成了自觉喝酒的人和"钉子户"，您想谁愿意成为满座高朋的对立面啊，于是咬咬牙跺跺脚，喝它个舍命陪君子，大家见状齐声叫好，气氛顿时轻松了许多。

　　刚一坐下彼此也许不摸底细，大家都有些正襟危坐的意思，说的都是"文明用语"，你好我好大家好；"共同科目"一完成，顿时觉得彼此的心贴近了许多，于是领导不是领导，是兄长；下级不是下级，是老弟，大家来了"甜言蜜语"。有求于人者言语谦恭中带着随意，"今后请多关照"；手握权柄者态度如同春天般的温暖，"放心，只要我能办坚决不推辞"。不过这才刚刚"渐入佳境"，只是"酒杯一端、政策放宽"的开始，好戏还在后头呢。

　　陪客者按照尊卑顺序挨个发言完毕，上半场结束；主客带头发动反攻，下半场正式开始。下半场进行到一半左右，如同中国足球队开始阵形凌乱、有人抽筋一样，酒场纪律明显松弛，有人见缝插针地找人"单列"，大家也就来了"豪言壮语"。喝着对手的还要层层加码，再来两杯又如何；被人求者大包大揽，你说的那个事吗小事一桩。按说喝到这个程度事应该成了，可惜他们身边没带公章。

　　酒真是个好东西，能壮英雄胆，你看武松因此打死了景阳岗上的吊睛白额大虫，李白因此敢"天子呼来不上船、自称臣是酒中仙"、敢让力士捧靴，于是有些经常在大会上做报告、号召大家自觉抵制酒绿灯红影响的人这时开始纠缠小姐，唱歌或者跳舞，手脚或者嘴里多少有些不老实，这才是真正的高潮。要说真醉了那还差得远，否则还怎么知道要占人便宜，但是既然大家都知道酒后失德一说，我稍微出点格谁不能原谅呢？因此如今酒场上的主要人物很少要人替酒，他们实在是太需要一点儿酒精烧去脸上那层厚厚的面具了。

天下没有不散的筵席，喝得再高兴也得回家。这时清点队伍，就会发现许多人早已"不言不语"，因为醉了，酒场上的表态因此都成为鬼话；稍微清醒一些的，含混不清地说这次没有尽兴、下次补补课再接着喝吧，您瞧这又不是坐坐了。再一想也是，反正目的已经达到，还管它含蓄不含蓄干吗，正如那些买了"十大名茶"拆开包装的消费者一样，再含蓄还有什么用呢？那就下次接着再喝。

母爱的力量

关于母爱，我曾经看到过一则寓言。说的是一条母鱼被人扔进了油锅，它在滚烫的油中一直绷紧身子，将腹部高高地挺起来直至死去。刚开始厨师一直弄不明白怎么回事，最后打开它的肚子后才真相大白。原来这条母鱼已经怀孕，它拼命挺起腹部只是为了尽可能地延缓腹中胎儿的生命。也许最终大家都免不了一死，但母亲总是会将最后一线生还的希望留给儿女，自己率先悲壮地赴死。相对已经降临的灭顶之灾而言，这种努力显得是那样的徒劳，同时又是那样的感人、那样的伟大。

第一次看到这个寓言时，我就被它深深地打动。然而这再感人也只是一则寓言，并非生活的真实；从这个意义上讲，我遇到的一个真实的故事更具有震撼人心的力量：一条正在哺乳的母牛被盗后，为了回去给小牛喂奶竟然挣豁了自己的鼻子。

那天我到分包的乡镇采访，忙活了半天也没觉得有什么特别的收获，正遗憾呢这时获得这个线索，兴致马上高了起来，跟着通讯员就到了农户家中。

还没进家门，老远就看见院墙上有个圆形的大洞，不用说这是盗贼的杰作。进去一看，老牛正安闲地卧在那儿吃草，小牛亲昵地依偎在母亲旁边。老牛时不时扬起尾巴，驱赶小牛身上的苍蝇，动作沉静中写满了慈祥。仔细一瞧，鼻子确实豁了，牛转失去了固定的位置，这条牛今后如何拴成了问题，不过眼下这个问题并不急迫。嗷嗷待哺的小牛如同一条绳子拴在老牛的心上，它无论如何也不会走远的。

　　农户告诉我们，那天夜里他们一点儿也没听到动静，早上起来发现院墙被开了一个圆洞，老牛无影无踪，明白是遭了贼，当时那段时间周围经常有这样的事情。牛是大牲畜，关系着农家的生计，再说下生不久的小牛没奶吃也饿得哞哞直叫，因此他们很是着急。刚刚报完案，下午正闹心呢，忽然看见老牛不知道什么时候已经回来了，正在牛栏旁边给小牛喂奶。走过去仔细一看，牛绳不在身上，鼻子已经豁了，主人立即明白了怎么回事，感动得不知道说什么好。

　　我童年时在老家的农村放过牛，知道牛是如何拴的。快成年时将它的鼻中隔穿透，放上一小截削好的木棍，我们称之为牛转，然后将牛绳拴在牛转上面。我敢说这和"牵牛鼻子"这句话一起，都是伟大的发明，能让一身蛮力的牛乖乖束手就擒。即便是用刀，要将那层厚厚的肉割开也要费点劲，更何况工具只是圆溜溜的牛转呢？可以想象，挣脱的过程是漫长的，正因为如此，其痛苦没有切身体会的第三者很难想象。

　　它是如何挣脱的？它必定愤怒地一次次高扬起头，焦急地一次次左冲右突，伴随着声声凄厉的低吼。撕心裂肺的疼痛从鼻端泛起，滴滴鲜血染红脚下的土地，可是它却浑然不觉，因为此刻它焦急的心已经被儿子饥饿无助的呼唤完全填满，再也没有其余任何感觉的位置。异样的柔情从心底泛起，我完全被这条卧在泥地上的、身上泛着阵阵腥臊的丑陋的老牛所震撼、所折服、所打动，下意识地伸手抚摩了两下这伟大的母亲。

　　回去后我只写了一个社会新闻交差，但这个上不了头版的稿件最终"遭到"老总的好评，他给我开了报社最高水平的稿费。不过我知道，这并非因为我的文笔。

障 碍

　　小时候家里穷，什么东西都能拿来当做游戏，反正是自己穷开心。20 多年过去了，岁月的年轮在我眼角碾出道道车辙的同时，也磨圆了多数游戏在我脑海中印象的轮廓，但用樟脑球戏弄蚂蚁的情景却依然历历在目。

　　从箱子底翻出一只快要用完了的樟脑球，蹲在地上随便找一只蚂蚁，穷孩子的游戏就此拉开帷幕。蚂蚁的脚步总是那么执着而又匆忙，可只要用樟脑球在它前进的道路上轻轻地划一道线，它会惊慌失措地立即掉头而去；赶到它前面再设置一道同样的樟脑球防线，它还是马上望风而逃，翻来覆去都是如此。跟着它跑累了，我画一个圈将它圈在里面然后作壁上观，见过这个场面的人肯定都知道"急得像热锅上的蚂蚁"这个比喻是何等的形象、生动与贴切。蚂蚁在里面转来转去没有头绪，我在旁边已经失去了耐心，于是将包围圈缩小，它在其中左冲右突几下子后发现无路可走，不得不奋而突围。在走出包围圈的那一瞬间，我不知道蚂蚁做何感想，是抹一头冷汗暗自侥幸，还是恍然大悟不过如此？

　　游戏的最后总是索然无味，因为我知道那所谓的樟脑球防线其实没有丝毫防卫能力，在蚂蚁粗粗一看那道不可逾越的障碍根本没有多少实际意义。只要愿意它甚至可以唱着歌儿大摇大摆地走过去，但它却被那种气味吓破了胆、望风披靡；只有等到无路可走的时候，它迫不得已才会挺身一试，结果发现那所谓的障碍不过是一层一捅就破的薄薄的窗户纸而已；它转来转去似乎是在积极地寻找合适的突破口，而实际上无异于原地踏步，白白耗费了许多时间和精力。

回头想想，我们又何尝不是这样的蚂蚁。

自　尊

我注意到那个老汉的原因是被他那哀婉的乐声所吸引。正当我漫无目的地在街头闲逛时，耳边忽然传来了极其熟悉的《二泉映月》的旋律。寻声望去，演奏者正坐在路边的地上，下面铺着一块破布，前面摆着一个茶缸，周围散落着几张零散的小票子，我知道那是一个很常见的乞丐。

如今人们的生活水平的确普遍提高，但拉着二胡沿街乞讨的人并不少见；然而这个老汉却分明有些特别，只是我一时又看不出他特别在哪里。他专注地拉着自己的二胡，面对熙熙攘攘的人群心无旁骛，看得出来这时他已经完全沉醉到了乐曲中间，似乎打开了和早已作古的华彦钧沟通心灵的渠道。阿炳的眼睛瞎了，可是那颗困苦的心灵从来不缺乏光明，因此人们才能拥有这曲动人心魄、足以让最浮躁的心灵片刻之间静得能够听见针掉到地上的响声的《二泉映月》。我第一次听到这首曲子时尚且不知道阿炳和《二泉映月》的名字，更不知道民族传统文化这样大的口号，却也隐隐约约地感觉到了心灵的某种震撼。

我看出老汉的特别在于他比一般乞丐拉的要好出许多，尽管他的水平也许只是一个不甚成功的艺人，可是对我这双耳朵而言已经足够。我远远地停下来，目光偶尔向他扫描一下——动人的音乐是只需要用心去听的，而且我知道尽管他是个乞丐，一直盯着人家也并不礼貌。这是个倦鸟归巢的黄昏，浮躁的人群要么正急于回家清点今天赚到的钞票、要么正打起精神容光焕发或者心怀鬼胎地去赴晚上觥酬交错灯红酒绿的约会，显然没有几个人注意到老汉的存在。确切地说是大家都看见了，因为他们都不是阿炳，可是谁也没有往心里去，就是那句成语——视若无睹。

在骗子手段越发高明的同时，人们的心灵也正在被以切身利益为中心的价值一元论打磨得越发坚硬，因此如今没几个人愿意向乞丐伸出施舍之手，他们坚信或者故作坚信所有的乞丐都是骗子或者懒汉这样的推论，包括我自己在内，老汉的收入自然十分可怜。但他似乎并不为之所动，依然专注于自己的二胡，间或转换成为其余我熟悉不熟悉的旋律，回敬了眼前过客同样的态度——视而不见，无论你是否向他的茶缸扔下几个钢镚或者毛票。他的头偶尔也像电视中的演奏家那样抬起来，但目光散漫于天空，没有低三下四的企求，也没有卑躬屈膝的谄媚。

我宁愿相信老汉不是沿街乞讨的乞丐，而是一文不名不得不到巴黎或者纽约地铁车站上卖艺的艺术家——他们之间的差别只在于技术的程度，而不是本质。我眼中老汉的形象模糊了，取而代之的是电影电视和小说中的一幕幕那样的镜头。我那颗坚硬冰冷的心似乎被某种溶剂溶化了，我向他走过去，将身上所有的零钱小心地放进他的茶缸。

老汉依然没有多看我一眼。我这才明白真正感动我的或者说他真正的特别之处在于他强烈的自尊，在任何条件下都始终坚持着的自尊。尽管沦落在秋天寒冷的街头为每日的生计苦苦等待，可他也不愿意将高贵的自尊廉价出卖。只有充满自尊，才能赢得别人的尊重。

第四辑

史记

建安狂人

传染病对文学的影响，除了促使《鼠疫》这样的经典诞生之外，大约就是重创了建安文学这个伟大的时代。建安21年（公元216年）10月，王粲跟随曹操征讨孙权，途中感染传染病，次年正月辞世。其灵柩运回邺城（今河北临漳县）后不久，当地也爆发流行病，"建安七子"中的刘桢、陈琳、徐幹、应场先后染病身亡。考虑到10多年前孔融已经被曹操杀害，阮瑀也已于212年西归，说它给予建安文学以致命打击，实不为过。建安文坛的主力就是三曹与七子，如今七子全无仅余三曹。但尽管如此，按照传统观念，这种死法基本上还算善终，所谓苟全性命于乱世，能落个全尸。东汉末年直到三国鼎立，是典型的战乱年代。列国之中干戈厚、弑君不如宰鸡牛，京剧《刺王僚》中的这句唱词，揭露了乱世血淋淋的现实，东汉末年也与之相类。君主尚且如此，普通百姓的性命，也就是苍蝇蚂蚁的样子吧。白骨露于野，千里无鸡鸣；出门无所见，白骨蔽平原。叱咤风云的大军阀曹操与手无缚鸡之力的文人王粲，所见所感所痛，竟然是惊人的一致，可为佐证。尽管这种极端的客观环境催生了建安文学与建安风骨的诞生，但是其中的主人公肯定不情愿在那种状况下生活。想想不得善终的蔡邕、孔融与祢衡，王粲他们也许会感觉庆幸。

蔡邕是当时名重 时的人物，但因与董卓有交往，王允、吕布计杀董卓时，捎带着也要了他的命。不知道蔡邕是否曾经参与过董卓核心机密的制订，估计不曾。董卓之所以厚待于他，不过是为了树立自己爱惜人才的形象而已，因此那多半是个冤假错案。孔融死在曹操手下，冤枉自然难免，但也与他刚直不阿不通权变的性格有关。曹操人称奸雄，其实颇有度量，祢衡那么辱骂他，他没杀；陈琳替袁绍起草檄文，骂了曹操祖宗三代，弄得他冷汗淋漓头风顿愈，就是骂得实在狠他连头痛都忘掉了，也还是没杀，反而收留任用。之所以要杀出身名门望族且声望甚高的孔融，完全是忌惮后者对他的统治造成了威胁。孔融本来对曹操评价颇高，后来见他成为新军阀，忠诚信奉儒家的他，逐渐对其产生不满。他曾经位列九卿，整日宾客盈门，谈笑自若，议论朝政，终于达到了曹操容忍的极限，被满门抄斩。除了孔融之外，另外一个有名的文人杨修之所以葬身曹操之手，实际上也是因为他卷入了立嗣的政治斗争之中。

由于《三国演义》和京剧《击鼓骂曹》的影响，大家对祢衡的印象更深一些。但直到现在，我也无法理解他的狂放。当然，如果我都能理解，他又如何青史留名。很难说祢衡现在的名声是因为他的《鹦鹉赋》，还是因为自身的放荡不羁。在我看来，只怕还是后者居多，因为《鹦鹉赋》的影响一直限制在比较小的专业范围内。在人命不是人命而是草芥的年代，出几个恃才傲物的文人很正常。孔融也算是个狂士，所以能与祢衡交好，写下了流传后世的《荐祢衡疏》。他替上级持名贴到大将军何进府上拜见、祝贺何进高升时，因好久无人通报，不觉大怒，随即要回名帖，并留书斥责何府无理，险被何进派剑客刺杀。相比之下，祢衡实在狂放得离谱，他眼里只有两个人，除了孔融就是杨修，所谓"大儿孔文举，小儿杨德祖，余子碌碌，不足数也"。结果这两个人都栽在曹操手下。击鼓骂曹之后，曹操不想落个杀士的恶名，把他送给了刘表；刚到荆州时，刘表对他不错，他代刘表写的文告，也颇称后者的心意，彼此相处颇为融洽。但时间一长，祢衡的倨傲又显露出来，不仅侮辱荆州士人，还多次顶撞刘表。刘表于是也采用曹操借刀杀人的手法，又把他送给了性情暴躁的江夏太守黄祖。刚开始黄祖也很佩服祢衡的才能，对他的秘书工作很是满意。尤其是黄祖的儿子章陵太守黄射，对祢衡尤其友善。但最终祢衡却因为吃的问题，招来杀身之祸。

公元 198 年，黄祖在战船上大宴宾客。宾主觥筹交错推杯换盏，气氛融洽欢畅。这时一盆黍米肉羹上来，正好搁在祢衡面前。祢衡也不谦让，独自大吃大喝。吃好之后还拿汤匙搅弄肉汤取乐。有客人看不惯这个做派，就问祢衡这个吃法依从的是什么礼教，祢衡毫不理睬，继续搅弄。黄祖问祢衡因何不答，祢衡说君子不闻车前马屁。黄祖大怒，呵斥他不得无理，祢衡斜眼看着黄祖，骂道："老不死的东西，你少多嘴！"黄祖大怒，喝令推出去打他的屁股，行杖刑。祢衡越发破口大骂，黄祖一时火起，吩咐立即斩首。黄的主簿也就是办公室主任，按照道理算是祢衡的顶头上司，向来讨厌他的为人，接到命令一刻也不停留，立即行刑。黄射闻听，鞋子都顾不上穿就跑出来相救，但为时已晚。那一年，祢衡只有 25 岁。

祢衡的行为，当然不能以常理衡量。道德礼法都是束缚常人的，对特殊的英才，理应有特殊的网眼，放他们过去，否则社会不能进步。但问题是，他没有找到适合自己的网眼。也许那个时代，根本就没有那样的口径。连曹操那样雄才大略的人物都不能容忍，他的死肯定是早晚的事情。不过祢衡虽然外表狂傲，内心充满自卑也未可知。狂放不羁只是掩饰自己内心孤独与虚弱的武器而已。只消读读他那首有名的《鹦鹉赋》，就知道我并非信口开河。那篇文章写于黄射在章陵举办的一次酒宴之上。有人进鹦鹉一只，客人们争相传看，纷纷称奇，黄射遂请祢衡著文纪盛。祢衡欣然命笔，一气呵成。所谓言为心声，这篇文章虽然诞生在欢快的酒席宴间，但通篇都流露出悲苦的情绪。最引人注目的是，文中除了描述鹦鹉流落异乡幽囚笼中不能展翅高飞的凄惨命运之外，还有借鹦鹉之口表达的愿为黄祖父子效力的内容：苟竭心于所事，敢背惠而忘初？托轻鄙之微命，委陋贱之簿躯。期守死以报德，甘尽辞以致愚。恃隆恩于既往，庶弥久而不渝。

轻鄙微命，陋贱簿躯。谁说祢衡只有狂放？他谦虚起来，也与旁人无异；守死报德，弥久不渝，这样的效忠语言，听起来多少也有点儿让人肉麻。对黄射当然还能说得过去，有知遇之恩；用在黄祖身上，难免让人起鸡皮疙瘩。

然而只有这样，祢衡才是真实的祢衡，立体的祢衡。《鹦鹉赋》流传后世，成就了祢衡的文名，也刻画了绝大多数文人的心理轨迹。无论如何孤傲如何狂放，最终还是希望经世致用荫妻封子。祢衡若无这等心思，何苦先从曹操再从刘表然后又跟黄祖。建安七子中，徐幹早年居家读书，最后还是辞去临淄侯文学（曹植的文学侍从）的职位，回家专心读书写作。这说明，隐居不仕并非不可行。

问题在于用舍由时、行藏在我的境界不是谁都能达到的。不仅祢衡不行，魏晋风度的开启者王粲也是如此。此公有个特殊的癖好，爱学驴叫，不归到狂人一类，肯定说不过去。他虽出身望族，但家世败落，自己又身材矮小容貌丑陋，长期不得志。学两声驴叫，想来能多少出点气吧。依附刘表时，后者本来想招他为婿，最终却因为相貌问题而作罢。这让他极度郁闷。公元205年，他登上当阳麦城的城楼时，肯定还不知道14年后这里将见证名将关羽的败亡，于是在《登楼赋》中抒发壮志难展的悲伤苦闷之余，也表达了强烈进取之意。因劝降刘琮有功，曹操赐爵关内侯，他感激涕零，长期为曹操歌功颂德，被后世讥为"无节"，"无羞恶是非之心"。但在当时，他的付出还是获得了丰厚的回报。在他的葬礼上，曹丕命令吊唁者每人学一声驴叫。

王粲的善终与祢衡的不得善终，根本原因在于前者假狂而后者真狂。或者说二者狂放的程度差别太大，超出了当政者虚伪度量的容忍极限。文人在政治家手中不过是无数牌中的一张而已，任用也好，重用也罢，本质都是利用。所以两年之后，王粲的两个儿子受一桩谋反案牵连时，当初命令宾客学驴叫为王粲送行的曹丕，下令将他们双双处死。在封建社会，让人绝后与剥夺他的性命很难分清轻重。也许，前者还更加绝情。所以祢衡有知，实不会有攀比之后的失落。

我一直在想，在王粲的葬礼上曹丕自己学没学驴叫。历史记载，王粲的两个儿子被杀时曹操正好在外地，他得知后曾经说，"若吾在，不使仲宣无后。"这两个细节联合起来考虑，更加有意思。政治家对待文人，就是这样玩弄于掌股之间。因为谁也无法准确测量，这两个细节中真诚的含量占多大的比重。

英明的错误

——魏延的悲剧透视

提起三国时期的蜀国大将魏延，人们可能会有两个印象：一是他刚从长沙归降时，诸葛亮号令将他推出斩首，理由是他脑后有反骨；另外一个则是诸葛亮去世之后，他发动叛乱，结果被马岱诛杀，印证了"反骨"的说法。大家有这么个印象是很好理解的，谁让《三国演义》是我国的四大古典名著之一呢。但如果要真正还原历史的本来面目，魏延的问题则基本上可以说是一桩冤假错案。

事情的真相

魏延的反叛，其实是诸多原因造成的结果，绝非他的本意。

先看事情的经过。诸葛亮在军中自感将不久于世时，背着魏延召集长史杨仪、司马费祎、护军姜维等人密谋后事，作出了"令魏延断后，姜维次之，若魏延不从命，军便自发"（见《三国志·蜀书·魏延传》。以下简称《魏延传》）的决定。文件精神按规定要传达到军级干部，而魏延作为军级干部却偏偏被无端排除在外；如此违反组织原则安排后事已经相当不合适了，偏偏作出的又是这样一个经不起推敲的错误决定，而来执行这个错误决定的偏偏又是魏延的死对头杨仪。

据《三国志·蜀书·费祎传》记载，杨仪与魏延"相憎恶，每至并坐争论"，《魏延传》更是直接形容二人"有如水火"。这样一个政敌突然之间出来主持大计，魏延在不明真相的情况下不服调度是很好想象的。他说："丞相虽亡，吾自见在。亲府官属便可将丧还葬，吾自当率诸军击贼，云何以一人死废天下之事邪？且魏延何人，当为杨仪所部勒，作断后将乎！"

这段话的前半部分可谓大义凛然，意思是丞相虽然死了，但我自己还有主见。亲属和随从官员护送他的遗体回去就够了，我可以率部独当一面，继续完成北伐大业，不能仅仅因为丞相的去世就中途放弃。在大厦将倾的关键时刻，有人出来作这样的表态，应该说是很难得的事情，说起来我总觉得跟诸葛亮当初"受任于败军之际、奉命于危难之间"的情形差不多。诸葛亮为了蜀汉事业可以"鞠躬尽瘁、死而后已"，大约也不愿因为自己的死而放弃北伐大业，魏延最起码也是精神可嘉吧？

后半部分的确经不起推敲，有意气用事、不顾大局、辜负组织培养的嫌疑，和他的身份地位很不相称，但是假如大家都知道杨仪是个什么人，可能也就能够理解了。当马岱将魏延的首级送给杨仪交令时，杨仪起身用脚踏着怒骂："庸奴，复能作恶不"，直到回去"夷延三族"方才消了心头恶气。回到成都以后，他"自以为功勋至大，宜当代亮秉政"，谁知只当了一个劳什子"中军师"的官，"无所统领，从容而已"，也就是说只是一个闲职，实际上是被朝廷挂了起来，于是心里十分恼火，竟然这样对费祎说："往者丞相亡没之际，吾若举军以就魏氏，处世宁当落度如此邪！令人追悔不可复及。"意思是那时我兵权在手，即便归顺魏国，也不至于只弄这么一个小官，后悔后悔。如果说魏延不听指挥也有伸手要权要官的嫌疑的话，那么杨仪则完全是一副赤裸裸的野心家嘴脸，一门心思要篡权。碰到这样一个人指手画脚，慢说魏延，就是脾气再好一些的恐怕也未必能够听得进去。可以想见，假如不隐瞒真相，将诸葛亮制订的方略原原本本地告诉他，他未必就会走上这个极端。

我一直想当然地认为，魏延的反叛跟梁山好汉"只反贪官、不反朝廷"一样，目标仅仅只是政敌杨仪。只不过后者持有诸葛亮的"尚方宝剑"、在那个瞬间是正义的化身，他的举动才被历史定论为反叛而已。事实证明，这个推想并非笔者信口开河。据《魏延传》记载，"延意不北降魏而南还者，但欲除杀杨仪等。"在裴松之的《三国志注》中甚至还有完全推翻反叛结论的说法："《魏略》曰：诸葛亮病谓延等云，我之死后，但谨自守，慎勿复求来也。令延摄己事，密持丧去。延遂匿之行至褒口乃发丧。亮长史杨仪宿与延不和，见延摄军事，惧为所害，乃张言延欲与众北附，遂率其众攻延。延本无此心，不战军走，追而杀之。"尽管裴松之"以为此尽敌国传闻之言，不得与本传争审"，但它至少可以证明一点，那就是即便在当时，也有人不相信魏延反叛的说法。

矛盾的形成

如果说不才明主弃只是孟浩然的感喟与牢骚，那么雄才明主弃则是魏延与诸葛亮两人共同的人生悲剧。因为在历史上，魏延的才干是相当突出的。据《魏延传》记载，定蜀之初他还仅仅只是一个叫"牙门将军"的下级军官，而到刘备称汉中王时，突然被破格提拔为"督汉中将军、领汉中太守"，结果"一军尽惊"。因为当时汉中是重镇，理当以名将镇守，大家都认为可能会派张飞，张飞也以为非己莫属，而魏延则完全是谁也没瞧上眼的小角色。

刘备当然也知道大家的想法，为了树立魏延的威信，特意安排他当着满朝文武的面发表施政纲领，情形不亚于一场现代的答辩。他问："今委卿以重任，卿居之欲云何？"魏延回答道："曹操举天下而来，请为大王拒之；偏将率十万之众至，请为大王吞之。""先主称善，众咸壮其言"。就这样，到建兴八年（公元231年），魏延就升到了西征大将军的位置，封镇南侯。

魏延有如此才干，为何不能得到诸葛亮的信任与重用呢？主要原因在于两人的性格、确切地说是军事见解的不同。"诸葛一生唯谨慎"，他早年也许还有一些开拓进取的冒险精神，比如在《隆中对》中提出要跟刘备分进合击、两路夹攻夺取中原，真正执掌兵权之后忽然变得谨小慎微起来，一味步步为营、稳扎稳打。而魏延则不，他经常"辄欲请兵万人，与亮异道会于潼关，如韩信故事"。意思是请求诸葛亮拨给他一万兵马，像韩信那样从褒中出击，循秦岭而东当子午而北，十天之内奇袭长安，然后与诸葛亮会师于潼关。魏延的这个策略相当有开拓精神，虽然有冒险的成分，但是任何一次战役都没有必胜的把握，再高明的选择也不能完全排除冒险的因素，这是常识。而从现代战争的观点看，这个选择的胜算其实要比诸葛亮的一味求稳大得多，因为无论物产军力还是人才，曹魏的综合国力都比偏安一隅的蜀汉强。在这种情况下，求稳固然能够增加自己的胜算，但同时也给了对手充分的反应时间，综合起来并不上算，只有出奇兵打时间差才能取得出其不意、攻其不备的效果。这就是为什么下围棋的职业棋手在快棋中可能输给业余棋手的原因，而在可以放心地深思熟虑的慢棋中出现这样结果的概率要小很多很多。

但是因为与自己的大政方针不合，诸葛亮一直"制而不许"，魏延的积极性因此受到了极大的打击，慢慢发开了牢骚："常谓亮为怯，叹恨己才用之不尽"。就这样，从见解不同慢慢产生了感情上的疏远与陌生，最终影响了诸葛亮对他的信任。如果不是如此，素以知人善任而著称于世的诸葛亮，何至于在后事安排中作出如此下策的决定！

1000多年之后的今天，面前的这套《三国志》上面已经落满了尘埃，纸张也完全是一副衰朽残年的样子。但尽管如此，透过厚厚的历史风尘，我依然能够体会得到魏延当时面临的巨大压力。这种压力绝非仅仅是面子上的过不去。杨仪根据"若魏延不从命、军便自发"的密令率领大军撤退以后，魏延的部队要独自面对司马懿的数十万铁骑。在诸葛亮统帅大军都只能与魏军长期相持的情况下，魏延所部要独自与司马懿对峙简直是以卵击石，取得胜利是不可想象的，自保恐怕都成问题。在这种情况下，跟随大军撤退不仅面子上过不去，回去恐怕还有秋后算账的问题，无论如何他违反了丞相的临终遗言，老对头杨仪恐怕不会善罢甘休；不退吧只有投降一途，否则难免会被对手吞并。真可谓左右为难。扯碎龙袍也是死，打死太子也是死。魏延在这样一个刀光剑影血雨腥风的大背景之下作出那样一个极端的选择，完全符合他的性格。我甚至觉得只有这样，他的将军风范与男人本色才能完整保持。无论如何，军人不是政客，不可能有他们的隐忍功夫和算计本领。而这一点，恰恰是诸葛亮的失误之所在。作为统帅，他对手下文官武将的性格，应该有一个总体上的把握。难道不是这样吗？

悲剧的根源

蜀国的力量本来就比较薄弱，从开创基业之初直到最后消亡，一直没能出现曹操那样战将如风谋士如云的辉煌局面，人才匮乏一直是困扰决策层的大问题，否则也不会产生"蜀中无大将、廖化当先锋"这样的歇后语。正因为如此，魏延铤而走险的极端选择，无论对他自己还是对蜀汉基业，都是一个不折不扣的悲剧。而造成这个悲剧的根源何在呢？靠人治而非法治，或者说机（构）制。

魏延和杨仪结怨，肯定有自己"性矜高"的原因；不能赢得诸葛亮的信任与好感，大概也与他自己牢骚满腹不无联系，套用一句时髦的现代话，叫做"沟通能力"有问题。但最关键的一点，还是在于人才的选拔、干部的任用仅仅一个人说了算，没有一套完善的行之有效的制度保障。刘备在世时，还能拿点主意，因此魏延才获得了直接向诸葛亮陈述己见的机会。刘备一死，后主是稀泥糊不上墙，大事自然完全由诸葛亮一个人说了算。诸葛亮只有坚信自己是正确的才会作出那样的选择，在他眼里魏延的策略自然都不可行，对他采取排斥态度也就是顺理成章的事情了。于是马谡的悲剧在先，魏延的悲剧在后，最后又将大任托付给姜维，而姜维也是一个只有宰辅之心而无宰辅之谋的角色，缺乏足够的权谋，最终误了大事。在接班人的问题上一味指责诸葛亮也许有失公允，因为那时蜀国的人才青黄不接，他大概只有矮子里面挑将军一途，但在马谡和魏延的问题上，他的的确确负有不可推卸的责任。

即便一定要背着魏延安排后事，至少也应该由姜维或者费祎出面，将大事托付给杨仪很不合适，因为诸葛亮知道杨仪跟魏延的关系，同时也知道杨仪的缺点。据《杨仪传》记载，"亮深惜仪之才干，凭魏延之骁勇，常恨二人之不平，不忍有所偏废也。""亮平生密指仪性狷狭，意在蒋琬。"杨仪筹划粮草参赞军机是一把好手，但却是个小心眼，因此诸葛亮生前对二人"不忍偏废"，也就是持中立态度。既然如此，何故在自己突然病故的关键时刻，忘记了平日的中立立场呢？自己死后魏延固然可能不服从组织决定，但杨仪小心眼的毛病难道就不可能引发大错误吗？如果没背着魏延做那样的决定，如果执行决定的不是杨仪，后来者看到这里肯定会有许许多多关于"如果"的感慨，可惜它们还只能由那句毫无情面可言的冷冰冰的话作答：历史不相信假如。

这些"如果"实际上也是我的自问。在阴暗的图书馆内，尘埃的气味直冲肺腔，这感觉本来就很让人不舒服，更何况看到的还是这样的悲剧。在这样压抑沉重的氛围中，掩卷沉思，我对上述问题也形成了另外一种更加恶毒的解释。诸葛亮知道杨仪和魏延水火不相容，而且"密指仪性狷狭、意在蒋琬"，却依然作出了那样的安排，很有些借刀杀人的嫌疑。至少从表面上看，这个推理是顺理成章的。他天生聪明，深知杨仪、魏延二人的性格，知道他们不好统领，于是先借杨仪的手除掉魏延，然后再让杨仪在不满中露出狐狸尾巴，走上自绝于党和人民的道路（杨仪最终也的确没有好下场）。当然，这种想象不能作为本文的论点，它们只能在小说中出现。

题外话

刘备是明君，诸葛亮是贤相。这种结论经过小说的演义早已深入人心、难以动摇，笔者实际上也无意动摇。遍观史册，诸葛亮的谋略功勋都十分突出，贤相的结论大抵不算什么过誉。"诸葛大名垂宇宙、宗臣遗像肃清高"，"三顾频烦天下计、两朝开济老臣心"，"心系汉室原无论先主后主"，这些大约都可以作为历史的盖棺论定。一两次用人失误对历史学家而言也许是悲剧，但对诸葛亮本人来说则根本无法强求。人无完人、金无足赤，每个人都有自己的致命弱点。但问题在于古往今来，明君与贤相一直是国人最难以排解的情结之一，大家都希望自己接触的官员是清官而非昏官，而最大的悲剧就隐藏在此：制造悲剧的主角不是碌碌无为的地痞流氓混蛋白痴，而是声名显赫的千古明相。诸葛亮这个段位的伟人都会犯如此重大的错误，人治危害的严重性由此可见一斑。

因为地理的原因，蜀地往往能够偏安一隅，取得暂时的发展。在那样与外界相对隔绝的环境中，人才流动性不强，个人因素往往会取代集体的力量。诸葛亮在蜀中说一不二地位的形成，与之不无关系。我注意到，蜀地虽然形成了悠久的文化，但蜀地之力从来没能像成吉思汗和努尔哈赤的铁骑，由局部而全局，一统山河。这种现象，也许值得当今的蜀人深思。

潮州与韩愈：谁成就了谁？

一

很早就知道中国的版图上有潮州这么个地方。那时我还是大别山区一个穷困的少年，知道潮州不可能因为潮州菜，而是因为那首著名的唐诗，七律《左迁至蓝关示侄孙湘》。其首联对仗虽欠工稳，充其量不过算是所谓的"意对"，但气势确实凌厉：一封朝奏九重天，夕贬潮州路八千。其作者么，当然是我们河南的前辈先贤韩愈韩退之。公元 819 年，唐宪宗要迎佛骨进入大内供奉，当时任刑部侍郎的韩愈上表谏阻。其中说，佛教自"后汉时始流入中国，上古未尝有也"。而在没有佛教的中国，黄帝、少昊、颛顼以及帝喾等三皇五帝均寿命绵长；"唯梁武帝在位四十八年，前后三度舍身施佛，宗庙之祭，不用牲牢，昼日一食，止于菜果。其后竟为侯景所逼，饿死台城，国亦寻灭。事佛求福，乃更得祸。"由此得出的结论是"佛不足信"。不仅直接反对皇帝对佛教的尊崇，还举了梁武帝那样亡国灭种的极端例子，韩愈想必对皇帝的反应有一定的心理准备。因此在表的最后，还有这样的表白："佛如有灵，能作祸祟，凡有殃咎，宜加臣身。上天鉴临，臣不怨悔。"这样的话不仅仅反映了作者的激情与斗志，其实也是为大祸将临自找的台阶。处理结果公布下来，想必愤怒者有之，讥讽者有之，埋怨者有之，同情者有之。面对这些话，实在也很烦。这个态度，算是一并打发吧。果不其然，表章上达天听之后，皇帝雷霆震怒。如果不是他的老领导裴度等人竭力劝谏，那么中国文学与广东潮州的历史恐怕都要重新书写。据《唐才子传》记载，当时"帝大怒，欲杀，裴度、崔群力救，乃贬潮州刺史"。经过众人讲情，皇帝这才决定将死刑改成降级降职处分，韩愈遂由刑部侍郎贬谪为潮州刺史。

这个决定放了韩愈一条生路，同时也放了潮州历史一条生路。否则的话，今天这种文化意义上的潮州是否存在，还真的很难说。由于独特的贬官文化现象，一个文人与一个地方经常会结上难解的缘分。比如苏轼、白居易之于杭州，柳宗元之于柳州，屈原、范仲淹之于岳阳（范仲淹其实跟岳阳毫无关系，《岳阳楼记》他是应滕子京之请而作的，写于邓州，即今河南南阳市邓县的花州书院）。但是像潮州这样，将韩愈无限尊崇甚至不惜神化的，却并不多见。如今潮州有韩山，韩江，韩木，昌黎路，昌黎小学。在昌黎路中段潮州博物馆前，有一座建于明嘉靖十七年（公元1538年）的巍峨的石牌坊，坊额上题"昌黎旧治"、"岭海名邦"八字。西湖公园内涵碧楼后面山坡上有一"景韩亭"，亭内正壁中有据说是韩愈所书而由清代潮州知府龙为霖主持摹刻的《白鹦鹉赋》石碑。韩江北堤旁还建有"祭鳄台"，韩愈的影子无处不在。一句话，从文化上讲，韩愈已经和潮州水乳交融。潮州不是潮州市长的潮州，也不是潮州人民的潮州，而是韩愈的潮州。赵朴初在《访韩文公祠口占》中这样描述，"不虚南谪八千里，赢得江山都姓韩"。潮州人不仅仅是尊崇韩愈的问题，已经将其神化，宋代便建立了韩文公祠。回过头来再说那首让我记住潮州的诗，其题目说得很清楚，是写给侄孙韩湘的。韩愈幼年丧母，由兄嫂抚养成人，因此那侄孙与亲孙子差不多。听说韩愈遭贬，就赶来护送。结果就是这么一个人，因为护送韩愈南迁有功，最后竟然也被神化成为八仙之一，韩湘子。其连带作用，就有这么大。可以说，潮州对韩愈的尊崇，比杭州给予苏轼与白居易的待遇还高。

那么，韩愈在潮州任职期间，究竟又完成了何等惊天动地的伟业或者善举呢？

二

韩愈的学生皇甫湜说，唐代被贬谪的中央官员到地方后基本不理政事，已成惯例，只有韩愈来到潮洲，还像那些凭资历升迁上来的地方官员一样勤勉有为。据记载，韩愈知潮期间确有德政，主要集中在四个方面：办教育、驱鳄鱼、劝农桑、释奴婢。四事之中，后面两个历史记录不多，前面两个比较详细，尤其是驱鳄鱼，特别富有传奇色彩。那一天，韩愈在潮州东门外的恶（鳄）溪前摆好香案，点燃香火，命令手下将肥猪肥羊各一只扔进溪里，然后拿出亲自动手撰写的《鳄鱼文》，义正词严地对鳄鱼宣战：鳄鱼，我知道你也不容易，老吃不饱饭，不得已经常以我的子民为食。这事呢过去我不知道也就算了，既往不咎；现在既然我是潮洲一把手，就不能不过问。给你们送去猪羊各一只，都是绿色无公害食品，你们可以放心吃，吃饱后滚得远远的。再让我碰到，别怪韩某不客气！那天晚上，雷电暴风笼罩恶溪，放眼望去能看到的地方全部干涸，溪水整整西迁60里。从那时起，潮洲人及其牲畜挨鳄鱼咬的历史一去不复返。大文豪韩愈如此对付鳄鱼，绝非堂吉诃德战风车的中国搞笑版本，而是有正史记载的。除了我必要的调侃，基本上无一字无出处。《新唐书·韩愈传》云："初，愈至潮州，问民疾苦，皆曰恶溪有鳄鱼，食民畜产且尽，民以是穷。数日，愈自往视之。令其属秦济以一羊一豚投溪水"，并写了《鳄鱼文》而"祝之"。"祝之夕，暴风震电起溪中，数目水尽涸，西徙六十里。自是潮无鳄鱼患"。

兴州学的举措，比驱鳄鱼靠谱。贬来潮州不久，韩愈就写了《潮州请置乡校牒》，指出治理国家，"不如以德礼为先，而辅之以政刑也。大欲用德礼，未有不由学校师弟子者。"于是，他一方面荐举地方俊彦赵德主持州学，一方面花大力气兴办乡校。办学缺资金，韩愈就"出已俸百千以为举本，收其赢余，以给学生厨馔"。百千之数，大致相当于韩愈8个多月的俸禄。也就是说，他把治潮州 8 个月的所有俸禄，都捐了出来，以便给学生提供免费教育，甚至吃饭都不用花钱。应该承认，一个没犯错误却被错误地贬谪到边远山区的官员，能够做到这一点确实难得。因此后世都愿意把潮州的文气归因于此。苏轼在《潮州昌黎伯韩文公庙碑》中认为："始潮人未知学，公命进士赵德为之师，由是潮之士笃于文行，至于今号称易治。"南宋干道年间潮州太守曾造也说，潮州文物之富，始于唐而盛于宋，"爰自昌黎韩公以儒学兴化，故其风声气习，传之益久而益光大"。潮州八景中有一景曰"韩祠橡木"，橡木亦称韩木，传说为韩愈手植，今已不存，但"潮人想慕者，久而弥殷"。自宋以来，关于韩祠橡木流传着一个神奇的传说：它开花之繁稀，预示着潮州士子登科人数之多寡。宋代礼部尚书潮人王大宝《韩木赞》如此记载韩木花开"兆先机"："（韩木）遇春则华，或红或白，簇簇附枝，如桃状而小。每值士议春官，邦人以卜登第之祥，其来旧矣。绍圣四年丁丑开盛，倾城赏之，未几捷报三人，盖比前数多也。继是榜不乏人，繁稀如之。"这个传说，是韩愈以儒学兴化直接结出的果实。王大宝分析道："公刺是邦，命师训业，绵绵厥后，三百余年。士风日盛，效祥于木，理之宜然。"一句话，潮州教育是韩愈奠定的基础。

三

但是这一切，果真能当得起潮州人给予他的待遇吗？一路舟车劳顿，到韩文公祠时我身心俱疲，已无多少游兴。但尽管如此，还是感觉这事本身太不靠谱。

先说驱逐鳄鱼。即便不考虑鳄鱼作为国家保护动物的级别，韩愈采取的方式也足够蹊跷。如果他真的以此方式彻底清除了鳄鱼之害，那么对他不是应该建庙祭祀的问题，而是应该获得诺贝尔生物学奖的问题。这种简单的方式，竟然能改变一种动物的生活习性，实在匪夷所思。对于此事，后世向来有两种不同的态度。王安石在《送潮州吕使君》诗中就告诫当时姓吕的潮州太守："不必移鳄鱼，诡怪以疑民。"明确指出韩愈祭鳄为"诡怪"之事。但是正如苏轼不赞同王安石的变法一样，两人在这个问题上的观点也是针锋相对。他和更多的文人学士、潮州历任太守及佐僚都对韩愈驱鳄称颂备至，肯定韩愈"能驯鳄鱼之暴"。

毫无疑问，韩愈那样对付鳄鱼不会产生任何效果。这不仅仅是用现代科学思维推理的结果，在韩文公祠内也能找到相应的旁证。为他陪祀在此的多年之后的继任者，也就是将韩祠迁往东山的宋朝太守丁允元，政绩中也有驱鳄一项，是为佐证（当然，他也许是在韩江第六十一里处驱逐的鳄鱼，或者鳄鱼听说韩愈已走，又重新回来作乱，这事有兴趣的回头可以再考证）。不过韩愈兴学办教育的举措，倒是实实在在的。他不仅不实行什么教育产业化政策大肆圈钱，弄得大量的农村家庭因教育致贫，反而自掏腰包，提供免费教育。这样的父母官，确实值得后世景仰。但问题在于，他在潮洲任职的时间非常之短，实际只呆了不到 8 个月。《唐才子传》记载："任后上表，陈情哀切，诏量移袁州刺史。"也就是说，皇帝看了他的表章发了恻隐之心，下令将他调到离京师中原更近的袁州，今天的江西宜春。而教育也好，生产生活方式的改变也好，皆非朝夕之功，都需要几代甚至十几代的努力与推广才有可能实现，所谓十年树木百年树人。不说别的，州府的文告要传达到底层乡民，在那时没有十天半月恐怕都不行。尤其是劝农桑，那是典型的经济行为，只有靠经济杠杆的调节才能达到目的，行政命令不可能取得功效。可以肯定地说，潮州人对韩愈的尊崇，更多的是拔高的成分。他远没有取得与之匹配的业绩。不是他不想，而是他不能，没有办法。8 个月改变落后面貌，孙悟空来了也没辙。

潮州远离中原，僻处岭外，交通不便，历史上一直是个相对封闭的地理文化圈。唐杜佑《通典》云："五岭之南，人杂夷獠，不知礼义……是以汉室常罢弃之。"唐代中原文明已高度发达，但潮州大部分地区仍然处在荒凉落后的状态之中，还是贬臣逐客最惯常的去处。有唐一代，贬谪潮州的中央大员甚多，比如张元素、唐临、常怀德、卢怡、李皋、常衮、杨嗣复、李德裕、李宗闵等等。论时间韩愈不是最早，论官职也不是他最大，但在潮洲的影响，这些人全部加起来，也不足其一分。之所以如此，既非韩愈能放下副部级干部的架子工作不带情绪，也不是他驱逐鳄鱼的方式足够新颖，更不是他的努力确实取得了足够的成效。说得绝对一点，他知潮期间除了捐出工资，其余的表现都跟现在新上任想干点事的官员没有什么不同。开过几次会，发过几个文件，如此而已。他之所以能够成为潮州文化的领军人物，唯一的原因只是他的名气足够大，而其余那些人，都没有类似的文名。

四

我们经常在报纸上批评追星族，认为那是没文化没主见的表现，但实际上大家都是追星的。名人效应过去存在现在存在，将来不仅继续存在，而且影响力还将更加深远。注意力经济时代嘛。除了名人，谁能吸引到足够多的眼球？韩愈在当时就颇有文名，诗文天下流传。进入宋朝之后，他的粉丝里又增加了一个生力军，大名鼎鼎的苏轼。丁允元请他为韩祠题碑文，他欣然命笔，结果碑文不是碑文，简直就是一篇《韩愈论》，对他推崇有加，"文起八代之衰"云云，评价之高，简直就要到前无古人后无来者的地步。因为喜欢其文章，带着感情分，这苏先生竟然还天真地认为韩愈"能驯鳄鱼之暴"，似乎鳄鱼经昌黎先生教化之后，也能识书达理。如果说韩愈当初对付鳄鱼的方式类似堂吉诃德战风车，那么现在来郑重指责韩苏不懂科学的滑稽效应尤甚。韩愈是否成功地驱逐了鳄鱼，苏轼是否真的相信韩愈"能驯鳄鱼之暴"都不重要。重要的是韩愈是名人，而相对韩愈的名气，潮洲作为接纳犯错误干部的蛮荒之地，历史上的正面影响一直不大，因此在当地主政的父母官，必然要努力发掘名人效应以求沾光。类似的手法，直到今天还在上演，手法大家都很熟悉。且不说诸葛亮的南阳襄阳之争，如今的人造景点，哪一个不处心积虑地与名人的足迹挂钩，以便攀龙附凤？碰上韩愈这样一个真正的名人，确实在潮洲干过实事，当地父母官若白白放过，岂非资源浪费资产闲置。就这样，宋真宗咸平二年（公元999年），潮州韩吏部祠正式建立；宋哲宗元祐五年（公元1090年）时，王涤知潮州，把刺史堂后的韩文公祠迁至城南七里处，并专门约请名满天下而且地位也达到极点的翰林学士知制诰苏东坡撰写碑文；南宋淳熙十六年（公元1189年），丁允元再度将其迁至东山，潮洲崇拜韩愈由此形成风气。

如今的地方官讲话，总要代表当地人民，不管自己到底能在多大程度上代表民意。潮洲对韩愈崇拜，相关文献中也归因于潮洲人民，这实际上也是个美丽的错误。相比当地另外一个文化胜地开元寺香火的旺盛程度，韩文公祠简直有些门可罗雀。当然，这样的对比并不公平，似乎说谏迎佛骨的韩愈，不但那时没有成功，到现在依然被佛教压制。我想说的是，对韩愈的崇拜，至少最初还是在政界，在读书人中间。王小波说是沉默的大多数，我看还可以改动两个字，叫不动的大多数。中国的普通民众基本都是顺民，会跟随而不会随便出头。类似韩山、韩江的命名，那时也许不需要民政部门的批准，但也绝非寻常之辈可以号召得动。随便一个人出来说，从明天起，咱们东山不叫东山，改叫韩山吧。别人不把他当神经病才怪。振臂一呼响应云集，你以为你是谁？最次最次，也需要一个望族长老才行。而他们之所以能够如此，若非官员家人，恐怕也有生员之类的功名。就像苏轼，他之所以在《潮洲昌黎伯韩文公庙碑》中对韩愈不惜溢美之词，恐怕也并非因为他真的认为韩愈在潮洲功勋卓著政绩超群，而是因为身份认同。都是科举出身的官员，都是文人。大家有共同的思维方式，接近的价值观念与行为方式。如此而已。

类似韩愈在潮洲的举措，我相信有无数的官员做过，而且可能还比韩愈出色。但是他们的事迹都被历史淹没。之所以如此，除了名气不如韩愈以外，更大程度上还是因为记载历史的也是文人。政绩传记想必也有，但是不好看，不具备流传的质地；有流传千古可能的只能是诗文。所以大贪官滕子京尽管在政绩工程岳阳楼的建造过程中回扣一点都没少吃，还是找好友范仲淹写了千古名篇《岳阳楼记》。这篇文章成就了范仲淹，也成功地掩护了滕子京。这跟韩愈被潮洲拔高崇拜甚至神化，是同样的道理。

人体组织会下意识地抱成团，阻挡异质的侵入，哪怕是为了活命而采取的器官移植措施；设若没有这样一刀切的防线，癌细胞增生扩大，那人随即要玩完。因此不论一个人还是一种组织，都有党同伐异的本能。这和追星一样，本身就是一种文化现象。正因为如此，韩愈被潮洲崇拜，并非政绩现象，而是文化现象。潮州的韩愈不是历史真相，而是文化作品。从这个意义上说，我们自认为掌握的历史，在多大程度上能够还原，都值得推敲。潮州与韩愈并不存在谁成就谁的问题。不知道佛教界如何评价韩愈的潮州之行，但可以肯定，韩愈本人的回忆不会有多么愉快。但对于潮州而言，意义完全不同。一个聪明的地方抓住了文豪被贬南来的机遇，浓墨重彩地反复渲染，终于将对方成功地复印进入自身的文化群落，从而总体上提升了自己的文化品位。

在尊崇神化韩愈的问题上，潮州毫无疑问大获全胜。那胜利不属于哪一个人，而是一个群体，即历年来主政潮州的地方官。比如最早为其建庙的潮州通判陈尧佐，立碑并请苏轼写碑文的潮州知州王涤，将韩文公祠移至东山的丁允元等等。他们的功绩并非仅仅在于引导民众尊韩，更大程度上还在于他们勤勉从政，从而让潮州的经济尤其是文化教育稳步发展。尽管他们的光芒注定都要被韩愈彻底掩盖。设想如果今天的潮州依旧是蛮荒之地，韩愈神话般的丰功伟绩岂非成了无源之水无本之木？当然，还有力挺韩愈的苏轼，官高爵显的王大宝等等。尤其是苏轼这个当量的人物，他对韩愈知潮的宣传效果，绝对事半功倍。

五

最后，我愿意特别强调一下，韩愈是河南人。《唐才子传》以及其他文献记载其籍贯是南阳，近年来学术界逐渐倾向河南河阳的说法，即今天的河南孟县。也就是说，文化意义上的潮州的起飞，最初起源于一个河南人的推动。这本来并没有什么意义，但是在今天，却值得浪费些许笔墨。

谁害死了岳飞

公卿有党排宗泽，帷幄无人用岳飞。历史往事尽人皆知。不过宗泽最后还能连呼三声渡河忧愤而终，相形之下，岳飞的悲剧色彩就要浓重许多。对于岳飞的惨死，一般认为在于绍兴和议，也就是南宋小朝廷为了顺利推行屈膝投降政策，而不惜冤杀主战派的大将，但有个历史细节不容忽视。那就是绍兴和议，早在岳飞被害之前一月已经正式签署。也就是说，宋金议和的前提并没有真正苛刻到宗弼致信秦桧时所提条件的程度：必杀岳飞，而后和可成。

当时有三股政治力量都想置岳飞于死地。金人，秦桧，以及昏君赵构。但真正有能力杀害岳飞的，只有后者。实际上最终岳飞也就是死在赵构手里。赵构为什么要冒天下之大不韪，执意砍倒这样一面影响巨大的战旗？我们不妨看看他们加给岳飞的罪名。万俟卨弹劾岳飞的罪名有三。一是"日谋引去，以就安闲"，指的是岳飞绍兴七年以为母亲守孝的名义擅离职守暂避庐山的事。那一年，朝廷决定削去在淮西与伪齐刘豫对抗中连吃败仗的刘光世的兵权，将他的部队交给岳飞统辖，并通过岳飞给刘光世的部将发了一道"听飞号令如朕亲行"的御札，做出让岳飞统帅大军北伐的假象，以安军心，同时避免韩世忠、张俊等其余将领的猜疑。岳飞不明就里，兴冲冲地上了《乞出师札子》，决心"奉邀天眷（钦宗），以归故国"。结果赵构反应冷淡，不但不许北伐，连淮西合军也成泡影。如此朝令夕改，岳飞一怒之下上表请辞，然后不待回复便上了庐山；二是淮西之战"不以时发"，增援不力。绍兴十一年，宗弼进攻淮西，赵构命令岳飞增援，但岳飞尚未赶到，张俊、杨存中等已经得胜。后来战局扭转，岳飞赶到时，敌军已经撤退；三是淮东视师沮丧士气。这事倒是有，但都是张俊干的。绍兴十一年，宋朝第二次削兵权，除了远在西蜀的吴玠兄弟，岳飞、韩世忠、张俊等人均被明升官爵暗夺兵权，韩、张被任命为枢密使，岳飞为枢密副使，他们节制的军队都划归三省、枢密院统一指挥。这事岳、韩感觉突然，但张俊已经跟秦桧达成幕后交易，约好尽罢诸将后兵权都他执掌，因此他能愉快地服从组织决定，带头交出帅印。赵构担心韩岳联手，让韩御前留任，张、岳赴韩家军驻地楚州布置防务。张俊不但阴险地肢解韩家军，破坏江北防线，还与秦桧勾结，意欲诬陷韩企图重掌兵权，图谋不轨。岳飞及时向韩世忠通报消息，韩赶紧找到赵构，号泣投地剖白心迹。赵构知道韩虽主战，但还是比较听话，更兼在苗傅刘正彦的叛乱过程中救驾有功，这才将其放过。

而最终他们给岳飞定的罪名有两个，一是岳飞 32 岁即出任清远军节度使，是继刘光世、韩世忠、张俊、吴玠之后第五个建节的大将。他自称与太祖赵匡胤都是 30 岁建节，"指斥乘舆"，怀有"簪越"异志，因为谋反是死罪；二是敌侵淮西，岳飞亲受御札十五道，"不即策应"，"拥兵逗留"，以便与"临军征讨，误期三日，律当斩"的规定挂钩。大家都已经知道，这些都是"莫须有"的罪名。谋反罪参与审判的大理寺卿周三畏已经反驳过，关于增援不及时，岳飞有两个理由。一是本人"寒嗽（感冒）"，二是军队"乏粮"。后世猜测可能有对赵构屡次阻挠北伐不满的原因，但就岳飞的见识与为人，可能性不大。救兵如救火。强敌在外，彼此当同舟共济，这起码的常识，他不可能不懂。

杀害岳飞的真正黑手是赵构，秦桧不过是帮凶，这些早已不是秘密。但岳飞的真正死因以及赵构为何执意要下毒手，还值得说道说道。赵匡胤自己就是拥兵叛乱而坐的江山，因此有宋一代，一直抑武重文，这也是宋军在战场上表现不佳的根本原因之一。但到了南宋的建炎绍兴年间，武将坐大已经是不争的事实。不但岳飞，其余将领的部队也都以主将的姓氏命名，俨然私家武装。在第二次削兵权中因为地理原因而过关的吴家军，到了第三代吴曦就发生了叛乱。不仅如此，将领们以扩充军费为名经商，也侵犯了国家的利益。然而夺兵权不一定非要杀武将。当时兵权已经顺利交接，关键是赵构对岳飞还有另外的不满。他私上庐山守母丧，被视为"要君"。因为当时还要用他，赵构只得派其部属李若虚等上山劝驾。严令若不能劝岳飞下山，彼此一同论斩。李等苦劝不听，只得亮出底牌，异常严厉地说："相公欲反耶？且相公河北一农夫耳！受天子之委任，付以兵柄，相公谓可与朝廷抗乎？公若坚执不从，若虚等受刑而死，何负于公！"话说到这个分上，岳飞只得奉诏下山，赴朝廷"待罪"。君臣见面之后，赵构说："太祖所谓犯吾法者唯有剑耳！所以复令卿典军，任卿以恢复之事者，可以知朕无怒卿之意也！"

话说得既艺术又政治。但是已经露出杀机。事情刚刚平息，一个月后，岳飞又建议赵构立储。赵构唯一的儿子早已夭折，他本人在扬州溃退时受到惊吓而引起性功能障碍不能生育。岳飞这话不但触动了他隐私的尴尬，还违犯了武将不得干预朝政的忌讳。所以尽管和议已成兵权已削，赵构还是顺水推舟地杀了岳飞，"示逗留之罚与跋扈之诛"，以便驾驭其他将领。当然，他选择的时机很是恰当。和议达成之后。既然和平到来，还要大将何用。就是那句老话，飞鸟尽，良弓藏。尽管敌国未破，但还能苟安，那就杀吧。就这样，早已辞去枢密副使、被安排了提举宫观闲职的岳飞先被下狱，然后被害。

朱熹认为，中兴将帅以岳飞为第一，但他"恃才而不知晦"。岳飞性格刚直耿介，既不像韩世忠那样会明哲保身，更不会像张俊那样曲意逢迎。他本是张俊部将，年龄最小功劳最大进步最快声望最高，本来就容易引起别人的嫉妒，在这种情势下依然从不缩手缩脚，谨言慎行。他先后四次从军，前三次都没有结果。第一次全军被朝廷裁撤，第二次因为不慎丢了"告身"即军籍证明，类似今天的军官证；第三次则是因为以从七品武翼郎的身份修了《南京上皇帝书》，反对赵构迁都，建议北伐。结果"小臣越职，非所宜言"，被"夺官归田里"。第四次从军后终于遇到伯乐张所，不顾其有罪之身而大胆任用，但是岳飞又捅了娄子。因为与上司著名的"八字军"将领王彦战术思想不合，他竟然带领本部人马私自离开大军单独行动。虽然也打过一些小胜仗，但毕竟势单力薄，最终只好下了太行山，转而投奔宗泽。这样的行为按照军规只有处斩。若非宗泽网开一面，后面的历史都要重写。

离开王彦大军私自行动与怒上庐山，有内在的逻辑必然性。这就是岳飞。若无此秉性，他恐怕也难以建立那么多的功勋，以唯一的进攻型将领的形象而傲立于世。赵构恼恨岳飞动不动就"议迎二圣，不专于己"，对他只怕也有一意孤行恃功倨傲尾大不掉的感觉。所以就映证了那句话，过刚易折。赵构在皇帝任上坏了不少祖宗家法，太祖规定不杀士大夫及上书言事人，他杀了；规定不杀大臣，他也杀了，而且还是肱骨之臣。这样不拘祖宗成法敢于创新的君主，历史必定会记住。

所有的历史都是当代史。当时的具体氛围无法复原。就本文的语境推理，杀死岳飞的不仅仅是赵构与秦桧，也有他自己的性格。但是我不想发出这样的浅薄感叹，如果岳飞善于跟领导沟通如何如何。因为果真那样岳飞也许可以善终，但我们的记忆中还有名垂千古的岳飞岳元帅么？

帅才辛弃疾

公元1180年，长沙城内正在进行一项大的违规建设。一代词人辛弃疾在为自己创办的飞虎军建设营房。宋朝时长沙还不是长沙，而叫潭州。有一出京剧《镇潭州》，反映的就是岳飞在这里镇压杨幺收服杨再兴的故事。此前一年，辛弃疾因为平定茶商军、诱杀其头目赖文政，由湖南转运副使擢升潭州知州兼湖南安抚使，成为一方大员。到任之后，除了修水利办教育，他还决定组建湖南飞虎军，隶属枢密院和殿前步军司，归湖南安抚使节制调度。目的当然只有一个，消除当地地方武装"乡社"的种种弊端，加强湖南的军事实力，抵御外侮，以备北伐。

创办军队首先得有经费。以前实行酒税法，对酒类经营者课税。为筹集军费，辛弃疾下令将课税改为专营。他选择五代楚王马殷废弃的军营旧址建设新的营房与校场，然后招兵买马。七月长沙阴雨连绵，人员逐渐到位但营房还没建好，眼看军士就要遭受雨淋之苦。辛弃疾当机立断，命令潭州城内外居民，每户供送20片瓦，两日内送到营区，可领瓦钱百文；秋后还大家20片新瓦，只收钱50文，瓦的问题随即迎刃而解。潭州城北有驼咀山，山脚下巨石林立。辛弃疾告示允许"僧民以石抵罪"，犯罪的人都去开采石头，石料来源也有了保证。

前些日子关于中国经济学家的争论四起。部分"经济学家"沦为利益集团的代言人，已是不争的事实。中央的宏观经济调控政策出台以后，触动了某些利益集团的利益，于是在某次学术研讨会上，就有所谓的经济学家以"气可鼓而不可泄"的道理，对中央政策表示反对。经济学家吴敬琏讥讽道："不知道在经济学中，气究竟是个什么概念。"古今同理的是，当时潭州利益集团的代言人，很快将自己的不满情绪捅到了朝堂之上。将酒税改为专营，不是断了某些人的财路么？枢密院本来就有人反对创办飞虎军，这下正好有了借口，上奏孝宗，要求阻止。孝宗耳朵根子软，立即准奏，用乃父对付岳飞的"御前金字牌"驰令辛弃疾立即停建营房缓办军队；辛弃疾接令密不公布，马上限令工程负责人一月内完工，同时画好营房图纸，并将建军过程中的所有款项开支明细列好，择期上报朝廷。等孝宗接到奏报，一切都已是既成事实不说，还滴水不漏。除了接受，夫复何言。

在平生接触的第一本文学杂志《广州文艺》上，曾经看过一篇关于辛弃疾创办飞虎军的小说。如今详细细节早已淡忘，只有那种黄色的粗糙纸张，以及小说关于雨中飞虎军军容严整的描述，还隐隐约约地保存在记忆的底片上。今天再读辛弃疾的传记，如同风吹浮尘，让往事再度凸显出来。掩卷而论，我不能不佩服辛弃疾成事的干练。甚至还因此对当下部分地方政府官员对中央政策搞对策的行为增添了若干理解，只要那些行为在为官员争得政绩的同时，确实有利民生。若想干成事，一切都在规矩的束缚之中，显然不成。酒税改专营，理论上说有与民争利之嫌；让犯人采石顶罪，肯定也不见容于律法；金牌密不公布，更是欺君之罪。但是辛弃疾都干了。当然，他并非蛮干，对事情的后果肯定有清醒的估计。大敌当前整军为先，这是瞎子也能看到的事情，皇上想必不会较真。

中国文人从书本上学得一些吟诗作赋写策论的本事后，往往自视甚高，动辄以宰辅之才自居，但多数言过其实。宋徽宗赵佶和南唐后主李煜且不去说，李白苏轼那样的高才，没有真正位列三公执掌权柄，只怕也是自己与百姓的双重幸事。从政还是需要一点特殊的才能的。就说辛弃疾创办飞虎军过程中的手法，有几个书呆子敢想敢做？在有限的阅读经验中，他算是知名文人中少有的确实有办事才能的人。虽然因为不曾真正执掌兵权冲锋陷阵，没有军事家的建树，但确实有帅才，足以出将入相。在他之前，范仲淹也算一个。他镇守西北颇有成绩，史载西夏莫敢撄其锋，直呼范老子。只是他的文名显然不及辛弃疾。

辛弃疾现存词 620 多首，诗 124 首，文 17 篇。数量的对比清晰地勾勒出了他一代词人的身份。但尽管如此，17 篇文中的精髓，依然足以显示他的经略才干。如果单说上孝宗的《美芹十论》，上抗金名将虞允文的《九议》，以及《论阻江为险须籍两淮疏》、《论荆襄上游为东南重地疏》这样的题目，肯定会有读者撇嘴。这也难怪。中国文人最擅长的莫过于夸夸其谈纸上言兵。奏对口若悬河，临阵一筹莫展，这样的例子实在太多。但是如果仔细看看其中的内容，你就会打消这样的印象。《美芹十论》又叫《御戎十论》，"其三言虏人之弊，其七言朝廷之所当行"，他利用早年在山东生活以及两次赴燕京参加金国科举考试途中掌握的情况，详细分析敌人的弱点，以及相应的应对之策，目标明确，措施详细，可谓知己知彼，对策精当。我没读过中山先生《建国方略》的全文，写到这里时，却执拗地想把二者联系起来。可以肯定，《美芹十论》是一套完整的战略构想。可惜未得实行。《论阻江为险须籍两淮疏》、《论荆襄上游为东南重地疏》更是充分显示了他在军事上的内行，其观点后来在元兵南侵的过程中都得到了验证。与陆游一样，辛弃疾主张抗金也反对"浪战"，认为与金对峙应"无欲速"、"能任败"。尤其难能可贵的是，他早就预见到"仇虏六十年必亡，虏亡则中国之忧方大"。果然，在差不多的时间内，蒙古骑兵迅速吞并金国，并最终攻破南宋的半壁江山。战略上有如此远见卓识，出将入相实不为过。

悲壮沉雄的豪放词作奠定了辛弃疾在文学史上的地位。但是很少有人知道，那其实是历史的错位。他经国济世的才能绝不亚于其斐然的文才。如果他能像岳飞或者范仲淹那样长期统领军马驻节前线，中国文学史与中国军事史可能要同时改写。对于这种错位，通常的说法是幸亏朝廷没有重用他，中国文学与后世读者才能有那样的幸运，他才能成为如此伟大的词人。这种说法近乎扯淡。因为它完全没有考虑主人公自己的感受。"味无味处求吾乐，材不材间过此生"。辛弃疾这话何其沉痛！史载他死前犹大呼数声"杀贼"，可谓死不瞑目，内心的孤愤可知。可以肯定，如果要他自己选择，他肯定会毫不犹豫地放弃文学上名声，选择经世致用，拯救黎民，报效朝廷。

冠盖满京华，斯人独憔悴。前面最大的帅才岳飞被冤杀，后面最大的帅才辛弃疾长期投闲置散。豺狼尽冠缨的南宋小朝廷，最终的败亡是历史的必然。宋朝是军事将领通过兵变上台的，因此统治者想当然地把军人都当成了潜在的叛逆，军队改由文官节制，处心积虑地消除兵权。与此同时，官员频繁调动，免得形成山头。辛弃疾"聚散匆匆不偶然，二年遍历楚山川"，最短的时候，平均半年调动一次。当时交通条件不便，就任与到任之后熟悉情况，需要的时间远比现在多，屁股还没坐热，就要挪地方。这样的人事安排固然能防止诸侯坐大，但也不利于积聚人心财力备战。所以在《美芹十论》的第九部分中，辛弃疾单独提出了"久任"的问题，要求信任大臣，反对"轻移遽迁"。当然，这个问题最终也没有得到根本改观。这还不算，自从率众南归入仕，他动不动就遭弹劾，黄金时间几乎全部在野。他全部620多首词中，罢官闲居在带湖和瓢泉期间创作的占到七成以上，可为佐证。

辛弃疾曾经三次出任安抚使，又三次遭到弹劾而丢掉乌纱帽。有意思的是，他总是在经济上出问题。有钱男子汉，无钱汉子难。在那种环境下，要想干点实事，没钱确实是万万不能的。于是他每次统帅一方，都要想方设法增加地方财力，以便组建军队，结果给了言官以口实。

飞虎军组建完成之后，辛弃疾很快就被调离，不久王蔺便弹劾他"奸贪凶暴，帅湖南日虐害田里"，"用钱如泥沙，杀人如草芥"。1181年年底，他被罢官，回到信州（上饶）铅山带湖闲居，直到1192年春天才起复提点福建刑狱，年底出知福州兼福建安抚使。当时有皇族一支从洛阳避居福州，费用由地方供给，岁出 3 万贯，财政压力很大。辛弃疾遂大力开源节流，在不增加百姓负担的前提下，不到一年时间就筹集 50 万缗钱，封存起来，建立备安库，预备年成不好时用来买粮。正好当年丰收，他主张把库存粮食卖给军队和宗室，年底再用备安库的钱买进两万石米。他还准备打造一万副铠甲，建立一支有战斗力的军队。应该承认，这是个颇有创意的设想，是个想干事的架势，但未及实行，便有言官弹劾他"残酷贪饕，奸赃狼藉"。为什么呢，因为辛弃疾的经济政策又动了谁的奶酪。当时土地的租税徭役极度不均，豪强兼并大量的土地，却享有免税的特权，该缴的租税徭役还要土地原来的主人承担，民众怨声载道，辛弃疾遂推行"经界"，明确划分土地的界限。再者就是实行"钞盐"。当时福建部分地方实行"钞盐"法，官府发给盐商凭证，允许他们贩运，而汀州等地不产盐，实行官运官营，和现在一样，这样的盐质次价高，百姓不愿意买。辛弃疾决定也在汀州等地推行"钞盐"。这样的改革自然有人欢喜有人愁，发愁者掌握着话语权力，通过自己的利益表达渠道，又将情绪弥漫到了朝廷，辛弃疾再度去职，挂一个主管武夷山冲佑观的闲职，只领工资不上班。这在上饶一住又是 8 年。1203 年，他东山再起，出知绍兴府兼浙东路安抚使，到任之后还是老办法，整经建军。建军一万的计划虽然流产，但整顿经济却下过狠手。他发现地方官员盘剥百姓的现象很普遍，遂上报朝廷"州县害农之甚者六事"，官员雁过拔毛对农民随意搭车收费。比如"折变"问题。当时农民一般按照每亩一斗的标准，以谷物的形式缴纳税赋，有时应国家需要，改缴钱帛，所谓"折变"。地方政府粮食足够以后，还叫农民"折变"，并且随意调高比例渔利。还有贩盐私商"盐鬻为害"的问题，他也迅速采取措施予以消弭。其余四件事情是什么，如今我们已经不得而知，但就这两项，看来已经足够让部分人肉疼。1205 年 3 月，开禧北伐前夕，他因举荐的一个官员有不法行为而被降两级，7 月又有人弹劾他"好色贪财，淫刑聚敛"，只得再回铅山瓢泉养花弄草，所谓"却将万字平戎策，换作东邻种树书"。

一个可以建功立业的帅才，最终只能以词闻名，历史经常给我们开这样的玩笑。尤其令人深思的是，辛弃疾这样一个渴望成就功业的政治经济改革者，每次都被利益集团打手的流弹击中。

明朝诗歌的喧嚣与炒作

有这么两个人，一个是朝廷高官，另一个是布衣之身，但学术水平与影响后者略胜一筹，你说该让谁来做文坛老大？选择显然有点儿难度。明朝嘉靖年间的李攀龙，就碰到过这样的难题。

不过实际上最终的结果是显而易见的。困难的只是决断过程。因为表面上大家还要讲究礼仪道德。这样指责李攀龙多少有点儿不公平，因为他与诗社社长（民间机构，没有编制和行政级别）谢榛最终交恶，起因是谢榛的不识相。谢榛容貌丑陋，且眇一目，一直未能进步。他和李攀龙是山东老乡，李攀龙起初对他的诗才非常佩服，中进士时带着他的诗歌进京，逢人便夸，很快谢榛便扬名诗江湖。谢榛脑子一热，决意进京发展。在李攀龙的推举下，他做了诗社社长。虽然没有工资不配公车和小蜜，但好赖也带着长字不是。可见，李攀龙对谢榛，起初多少有点儿推举（提携用在这里有点儿无耻，就不用了）之恩的。

后来李攀龙外放顺德——不是如今的广东顺德，而是河北邢台——知府。有一天谢社长去看李攀龙，正好后者有事——就让他先在办公室稍微等等。等到天黑，李攀龙还没忙完，谢社长感觉伤了自尊，就在办公室里大吵大闹，不外乎李攀龙不够哥们儿，一阔就变脸之类；正在这时，李攀龙身边的工作人员带着10两银子进得门来。让老朋友等这么久，李攀龙心里也颇不过意，专门派人回来表示歉意，暂时安抚一下他的烦躁。谢社长虽然眇了一目，但对世道人心或者潜规则，却没有达到一目了然的段位。按说李攀龙已经给了台阶，他就此借坡下驴，大家不伤和气，明天还是哥们儿，但他不，依旧在李攀龙手下面前大放厥词，嫌十两银子跌份；直到李攀龙回来，还唠叨不休不依不饶。说咱何曾受过这等鸟气，一拍屁股走了。

回京后谢榛犹不解气。于是在朋友中间散布流言，说李攀龙治理邢台没有成绩，光搞政绩工程，百姓怨声载道。这事呢，他做得确实不够厚道。但若从他的身世地位推理，也算正常。有才不得施展，而且还有残疾，心理完全健康也不可能。和李攀龙一同被提拔的诗友们自然不干，纷纷写信指责谢社长。李攀龙也写了一篇类似《与山巨源绝交书》那样的文章，宣布与独眼龙谢榛割袍断义划地绝交，坚决不和他玩了。他说就谢榛那条件，诗社又不是残联，怎么能老当社长呢。于是举行缺席审判，宣布罢免他的社长职务——事情到此才真相大白，过去谢榛的社长位置也是傀儡。谢社长这才明白长安米贵白居不易的道理，灰溜溜地结束了京漂生涯。

这李攀龙和谢榛，都是明朝文坛上的"后七子"之一。在此之前，还有"前七子"。谁都希望自己故乡上多点大人物，这跟希望祖上阔过基本一个道理。尽管不能带来直接利益，但多少有点儿心理安慰不是。因此多年前我曾经刻意寻找过信阳历史上足以自夸的文化名人。但找来找去，名头最大的不过是何景明，"前七子"之一。出去一说，别人都不知道。也是，在那之前，我也不知道明朝文坛还有什么"前七子"。朝前数有楚辞汉赋唐诗宋词元曲，向后翻有小说的四大名著，明朝文人夹在这么多高峰之间，见不到阳光是必然的命运。想想那时再看看当下，真是有惊人的相似。只不过当下文坛需要仰望的高峰主要有三个，一是过去虽不正常但确实存在的虚妄繁荣，二是眼前财源滚滚的市场，三呢，就是国外的对照，比如令我们全体寝食不安的诺奖。

所以那时的文坛跟现在一样，基本上全体都患有严重的神经衰弱——创新焦虑症。有明一代，最大的力量就是复古。文必秦汉诗必盛唐。千万别被字面意义蒙蔽，复古在当时就是创新。只要力图跟当下有所区别，就是创新。比如现在，创新者的手法其实少有原创，基本上也都是飘扬过海而来的。拾古人牙慧与洋人牙慧，难道还有根本的区别？

明朝安定之后，永乐年间出现了当时的主旋律派别，以杨士奇、杨荣、杨溥为代表的"台阁体"，作品内容雍容华贵但和雅平庸，只堪粉饰太平；以李东阳为首的"茶陵派"对此不满，揭竿而起，主张学杜复古；然后出现了以李梦阳、何景明为代表的"前七子"，以茅坤、归有光为首的"唐宋派"，以及李攀龙、谢榛、王世贞为主的"后七子"，虽然见解不尽相同，但大的方向依旧是复古。先锋风靡一时之后逐渐风光不再，如今经常有杂志主编或者编辑告诫我，先锋已经过时，要好看，要有故事。我虽懵懂，也只有点头。明朝文坛也是这样，复古吆喝时间太久，难免产生视觉疲劳，于是"公安派"和"竟陵派"换了口径，主张"独抒性灵"。前者是典型的家族企业，以湖北公安的袁氏三兄弟为主，袁宗道、袁宏道、袁中道；后者也是地方特色，掌门人是竟陵人钟惺、谭元春，他们反对前后七子并且修正公安派；明朝末期东林党人组织的复社与几社，既是政治团体也是文学团体，他们不仅反对复古，捎带着把"性灵派"也给反了。这跟当下也有类似之处。先锋自不必言，传统意义上的好看小说的基础规则也被玄幻小说彻底颠覆。只要情节曲折，已不再讲究故事本身的逻辑性与合理性。据说势头很猛很猛，已不让起初的所谓网络文学。

追比圣贤乃文人的本能，也可以称为美德。尤其写作这事，要是没有名利心的驱使，只怕也不成。但终究有个度的问题。都讲求语不惊人死不休，未免造成心态浮躁。估计明朝文坛诸公，就有类似的心理。所以口号多，争论多，门户之见也多。除了谢榛与李攀龙的矛盾，"前七子"中成绩最大的李梦阳与何景明，也曾有过类似的争执。他们俩都已经成名的正德后期，李梦阳率先发难，写信给何景明，指责他写诗"有乖先法"，何遂以《与李空同论诗书》予以辩驳。他们的观点，通俗地说就是李梦阳主张完全模仿古人，古人就是法度，不可越雷池一步；何景明则认为，学习古人只是手段，如同乘筏渡河，最后只有离筏才能登岸。毫无疑问，我老乡何景明的看法更有道理。《明史·文苑传》中称"梦阳主模仿，景明则主创造"。比他们稍晚一点儿的薛蕙也有诗这样评价："俊逸终怜何大复，粗豪不解李空同"。多少能满足一点儿我的故乡虚荣。由于两人的分歧不能弥合，"前七子"最终分裂。

虽然有"前七子"之说，但实际上那7个人中，真正有影响的除了李梦阳与何景明，只有徐祯卿尚可称家，其余4人的成绩远不可与他们比肩。但尽管这样，由于"前七子"的名字已经叫出去，按照国人习惯的对举心理，就像许多地方明明没有三十六景为了凑数也要编出第三十三到三十六那样，后面还是出现了所谓的"后七子"。"后七子"中的真正主力也不过谢榛、李攀龙和王世贞3人。而且其中的"七"字从来没有坐实过，一直是本糊涂账。这中间最先结社的是谢榛、李攀龙、李先芳、吴维岳等人，后来李先芳又介绍王世贞进入诗社。同榜进士梁有誉、宗臣、徐中行、吴国伦进来后，社中开始排挤李先芳和吴维岳，而以谢榛、李攀龙、王世贞、徐中行、宗臣、梁有誉等为"五子"，实际上又是6人，大家作五子诗互相吹捧。后来谢榛与李攀龙交恶，大家将其驱逐，又引进吴国伦，加上南昌余曰德、铜梁张佳胤号称"七子"，实际上又是8人。

本来以为明代诗歌的衰落不是衰落，而是唐宋已至盛年，后面都是自然规律，但写到这里才知道可能并非如此。因为唐宋时期的诗歌流派，比如王孟的"山水田园诗派"、高岑的"边塞诗派"，以及韩孟、元白等等，这些派别都是后人总结出来的，他们生前并不曾结派树立共同的文学观点，也很少彼此指责打口水战。一句话，他们的派别是不自觉形成的。但自发是生产的初级阶段，远不能催生市场带来巨大的利润，所以要自觉。放眼如今文坛，自觉的派别可谓城头变幻大王旗。

文无第一武无第二本是常识，但大家还是不由自主地想做老大。若非如此，金庸的武狭小说也不会那么成功。谢榛离开北京之后，一直是李攀龙为文坛领袖。他去世之后，王世贞接替。当时文人进京，首先都要去拜访他。只有获得他的称许，才能在江湖上扬名立万。这跟今天的评论家类似。他们和王世贞一样掌握着话语权力，而真正的写作者却是典型的弱势群体，不得不被中间商盘剥。他们就像药品流通环节内的医药代表和药房主任。利润的大头实际上在他们手中，生产商所得甚少。王世贞的不少诗歌还是诗歌，有点儿文名与才气，但他经营文坛的水平显然超过这些。执掌文坛牛耳之后，他写了《五子篇》，以李攀龙、徐中行、梁有誉、吴国伦、宗臣为"五子"，言外之意自己在"五子"之上，这就有点无耻了；更加无耻的是，他后面又写了《后五子篇》、《广五子篇》、《续五子篇》，最后又弄了个"末五子"，随意批发通往文坛的通行证。当然，含金量越来越低。

明朝去今已近500年，而现今文坛的某些手法与当时，真可谓500年前是一家。过了这么长的时间，花样还不能翻新，未免有点儿弱智。看看那时再看看当下，文坛照此发展下去的前途可知。

戚继光的操守问题

戚继光和俞大猷均为明朝中后期著名的抗倭将领，出身也基本相同：祖上跟随朱元璋打天下，立下军功获得功名，后代可以世袭军职。《明史》这样评价戚继光，说他与俞大猷"均为名将，操守不如，而果毅过之。"俞大猷年龄比戚继光大 20 多岁，独当一面的时间也比他早，后者曾经为他当过名义上的副手。俞大猷最后累功进右都督，明朝兵部是全国最高军政机构，有调兵权无统兵权；五军都督府是全国最高军事指挥机构，有统兵权而无调兵权。右都督仅次于左都督，但彼此品级都是正一品。戚继光获得过地方的最高军事职务总兵，后虽因援助辽东有功而加封少保，但职务并没有变化，只是品级晋升从一品，依旧不如俞大猷。而论抵抗倭寇的功绩，则基本不相上下。再说文韬，戚继光虽有诗名，可俞大猷也有《正气堂集》32 卷 40 多万字。也就是说，所有硬件戚继光都和俞大猷相同或者略低。但尽管如此，他后世的名气却远非俞大猷所能比拟。在数字时代，其差别可以用这样的指标来衡量："戚继光"三字是电脑默认的词组，而"俞大猷"不是；到百度上搜索，有关戚继光的信息高达 16 万多条，而俞大猷的数据只有两万多条，不过前者的 1/7。

最为直观的一个衡量标准是，戚继光怒责舅舅的故事被收录进了小学四年级的语文课本，而俞大猷的零星记载，只见于历史教材。在当下中国，事迹进入语文课本这事本身所具有的意义之特殊，远非语言所能涵盖。我只能采用这样不恰当的比喻，语文课本就是当下意义上的凌烟阁或者祖宗牌位。基本上就是民族神坛的当代版本。

一个操守有亏的人，身后名声竟然凌驾于操行无瑕的同类之上，这在长期被儒家思想统治的中国，实在难以想象。正常情况下，能导致这种局面的只有两种可能，一是文献记载不确切，具体而言，就是《明史》的记叙不足为凭；二是有一方是遗臭万年的大坏蛋，而另一方则不过平凡之辈。比如让秦桧 PK 虞允文。尽管后者作为抗金名将曾经取得过采石矶大捷，但影响显然不如秦桧卖国。而就戚继光和俞大猷的情况而言，与这两条都不沾边。尽管《明史》理论上确实有出错的可能，但在 400 多年后的今天，所有的史实都已失去语言功能，它已经成为黑夜里我们手中最亮的一束火把，所有的探询者都必须自动将这种可能先行排除。

那么，造成这种道德被悬置的名气倒挂，究竟是什么原因呢？这引起了我的兴趣。

传说中的戚继光

作为抗倭名将，戚继光从嘉靖三十四年（公元 1555 年）进入抗倭前线，直到隆庆元年（公元 1567 年）北调守边，前后与倭寇周旋了 12 个年头。在这 12 年里，戚继光可谓身经百战，用他自己的诗说，是"一年三百六十日，多是横戈马上行"，解救了成千上万的百姓。南方百姓感恩戴德，创造了大量有关戚继光的传说。出于可以理解的原因，在这些传说中，戚继光甚至被神化，比如传说他曾经为正军纪而斩子等等。

根据山东文艺出版社出版的齐鲁历史文化丛书《抗倭名将戚继光》记载，事情的过程大致如此：嘉靖四十一年（公元 1562 年）八月初，戚继光率军进攻横屿之倭设在陆上的第一个重要据点张湾。临行前，戚继光晓谕全军："潮水涨落，分秒必争。只许勇往直前，不准犹疑回顾，违令者斩！"戚继光的儿子戚耿平任先锋官，带领部队率先冲锋。中途他想知道父亲所在的中军是否跟上，就回头朝张湾方向张望。后面的将士以为先锋有令传达，不觉脚下一顿。戚继光发觉，立即询问停步不前的原因；中军回寺良说：是戚先锋回顾所致。戚继光大怒，命人将戚耿平绑至马前，下令按照军法问斩。部将纷纷说情，但无济于事，最终戚耿平在大路边被斩首示众。

时间确定地点分明，甚至还有相关当事人中军回寺良的姓名，貌似有鼻子有眼，但实际上根本经不起推敲。比如既然是进攻张湾，他为何要回头朝张湾方向张望？不多不少正好相差180度；还有，如果真是略一迟疑，戚继光怎么可能发觉并且发怒最终将其问斩？果有此事，那么不是儿子戚耿平临阵畏缩不前，就是父亲戚继光滥施刑罚。还有，即便真正出了这样的问题，也只能等待战斗结束再行处理，哪有临阵以小过斩杀先锋的道理，这样必然要打乱全盘作战计划。稍微有点儿军事常识的人都知道，事不能那么干。

中国历史上，曾经有三支军队以主将之姓命名，带着浓厚的个人色彩。岳家军，杨家将，戚家军。而这三支军队中，都有斩子的传说。与戚继光不同的是，前面那两出都是要斩，是计划而非现实。比如京剧《辕门斩子》，大肆渲染杨延昭执意要斩杀违令军前私自招亲的儿子杨宗宝的过程。众将求情，不准；老母亲佘老太君求情，他唱道"叫焦赞把宝剑悬挂帐外，老娘亲再讲情儿自刎头来"，以性命相逼；八贤王求情，也碰了冷脸，说这是我杨家军法，与你八王何干，再要扰乱秩序，你另选高明！又以自己的才干作为要挟。

啰嗦这么多，无非想说明一个道理，斩杀亲生儿子不是小事，非同儿戏。所以古代艺人不敢贸然让岳飞和杨延昭斩杀儿子，只好在斩杀与求情的过程中间做文章。岳云最终也只是打40军棍戴罪立功了事。如果戚继光真正杀过儿子，这么大的事情，在当时那个条件下，必然要大书特书，恨不得诏告天下才是，但事实上在《明史》、《明书》、《闽书》中的《戚继光传》、汪道昆写的《孟诸戚公墓志铭》、董承诏写的《戚大将军孟诸公传》，以及戚继光子孙编著的《戚少保年谱耆编》中，均找不到相关证据。

这怎么可能？

唯一令人信服的理由是，这套丛书为乡贤立传，适当拔高，或者明知不可信而采信，其心情可以理解。

民间还有传说，被戚继光斩首的儿子名叫戚印，乃其元配王氏所出，这事为其夫妻的最终失和埋下了伏笔。

私生活中的戚继光

提到戚继光，就绕不开当时的内阁首辅张居正。戚继光起初不断被提拔重用，以及后来势败，都与他密不可分；而提到张居正，也必然要带出戚继光，因为他的死可能与戚继光有关。

张居正的死因很简单，他本来有痔疮，后来日渐严重，就做了个手术。大概是手术不太成功，他的身体越发衰弱，万历十年（公元 1582 年）六月死去。他得痔疮的原因，据说可能在于纵欲过度，进补不当，导致燥热。而王世贞的《张公居正传》记载，戚继光曾经购买"千金姬"送给张居正。

这大约就是《明史》说戚继光"操守不如"的原因。王世贞与他们是同时代人，虽然从文中看他和张居正之间有点儿过节，但他与戚继光的关系却一直比较好。他的文集中有两篇赠给戚继光的寿序，另外还为戚继光的《纪效新书》和《止止堂集》作了序。戚继光罢官之后，两人的来往也没有中断。即便要攻击政敌，也不该拿好朋友当子弹吧，这样会伤及无辜。因此尽管历史学家黄仁宇的《万历十五年》没有正面采信这一说法，只是作为一种说法提了出来，但我认为，这事十有八九是真的。因为在当时，官员家里养几个歌姬或者多置几个小妾，是普遍的风气；封建时代妻子都不过是衣服，可以随便换，何况那样的女人呢？用她们作为礼物，肯定时尚新潮。由此看来，戚继光在中国的性贿赂历史上，也有位置。

不管到底有没有性贿赂的丑闻，戚继光曾经派弟弟给张居正送礼，却是不争的事实。张居正在书牍中对此有明确记载。他只象征性地收下了其中的一小部分，其余的"璧诸来使"。当时礼物之丰厚，可以想象。张居正对戚继光也格外关照。1577 年戚继光的好朋友兵部尚书谭伦去世，他在朝中少了一个强有力的支持者，于是次年张居正回江陵安葬父亲前，特意写信告诉戚继光，接替蓟辽总督的将是他的学生梁梦龙，让他不必担心。"到家事完，即星夜赴阙矣。蓟事已托之鸣泉公，渠乃孤之门生，最厚，谅不相负。"戚继光自然感恩戴德，立即安排一队鸟铳手随行护卫。张居正再度象征性地留下了 6 个，以示领情。

戚继光自己的私生活也有挺有意思。除了元配王氏，他先后纳了 3 个妾，为他生了 5 个儿子。他自己在文集中向祖宗表白，说这样做是为了延续香火。表面看来，这个说法言之凿凿很有道理，因为王氏没有生子，但稍一推敲，就发现根本站不住脚。因为前面两个妾先后生育之后，他又娶了第三房，不久又生子兴国。这足以说明，所谓延续香火，不过是典型的比兴手法，言在此而意在彼。

最令人称奇的是，直到 5 个儿子长大成人，王氏夫人还毫不知情。这位王氏夫人非常厉害，野史说她"威猛，晓畅军机，常分麾佐公成功"。在浙江期间，倭寇进攻新河，正好戚继光率主力北援宁海，城中防卫空虚，王氏遂动员妇女披挂登城协助守卫，保住新河不失。得知丈夫暗度陈仓，她怒不可遏，手持利刃要杀负心郎。戚继光内穿铠甲跪在王氏面前嚎啕痛哭，表明自己不得不延续后代的苦衷，这才取得王氏的原谅。在战场上纵横驰骋的戚继光是否如同传说中的那样惧内，我们不得而知，但是他罢官回乡后不久，王氏随即抛弃他而去，他最窘迫时不但无人照看，甚至无钱看病，《国朝献征录》中的《戚继光》上倒是有明确记载。

军事史和文学史中的戚继光

数百年弹指一挥，戚继光忠心保卫的明朝已经灭亡，他在战场上取得的一个又一个胜利，已经不再有实际意义。但是他留下的两部军事著作，《练兵实纪》与《纪效新书》，却堪称千古兵学圣典，能冲破千古时空的阻隔而流传下去。不仅如此，他在军事上还有许多创举。

为抵抗倭寇，戚继光创立一种阵法，叫鸳鸯阵，由 12 名士兵组成。设队长 1 人，藤牌手 2 人，狼筅手 2 人，长枪手 4 人，短兵手 2 人，火兵 1 人。各人分工不同，互相协作御敌。虽然和现代意义上的步兵班必然有所不同，但却是其雏形。奉调北上拱卫京师后，针对强大的蒙古骑兵，他没有试图组建骑兵与之抗衡，而采取合同作战的方式。继俞大猷首次把原来作为运输工具的车改装成战斗工具之后，他全面推广这一作法，建立了车营，作为独立的作战单元。为适应形势的需要，他还组建了辎重营，不仅用作后勤物资保障，同时还配备火炮与鸟铳，具有作战能力。就这样，步、骑、车、辎四营合同作战，以阻挡来去不定的蒙古骑兵。西方合同作战理论出现在一战后期，戚继光足足比他们早了 250 年。在爆炸武器方面，戚继光也有创举。万历八年（公元 1580 年），在用地雷守城时，他创制了机械式的引爆装置，用钢轮磨击火石生火，点燃炸药。虽然说起来简单，却是地雷从人力引爆到机械引爆的飞跃。

戚继光当初练出来的新军已经被历史湮没，无法复原，但是还有大量的实物佐证，那就是明长城上面的附属设施。明长城是大将徐达率军修建的，因为秦始皇修长城的名声太臭，明朝不肯叫"长城"，而呼之为"边墙"。起初边墙只是一道简单的防御工事，虽然有砖筑小台，但不能给士兵提供屏蔽，若附近的制高点失守，守军将完全暴露在敌人的火力之下，而且彼此距离过大，一点攻破只能全线溃退。戚继光主持修建了大量的空心敌台，大大改善了士兵生活和储存火药的条件，也提高了防守能力。改造边墙上的防御设施，扩大了射击面，减少了死角；增设内部障墙，以备敌人攻进城墙之后节节抵抗。

凡此种种，都是戚继光在军事上内行的证明。他确实是个杰出的职业军人，历史上当之无愧的军事家。除此之外，他还创作了大量的诗文，留有《止止堂集》，包括《横槊稿》三卷，《愚愚稿》二卷。明朝向来重文轻武，武将地位比文官低很多。即便疆场建功，也被视为匹夫之勇，但是戚继光足以让他们改变看法。尽管是世袭武职，他却留下了 250 多首诗。虽然其中足以流传后世的不多，但还是颇有特点。《钦定四库全书总目提要》称赞他的诗歌"格律颇壮"，"伉健，近燕赵之音"。当时文坛领袖是"后七子"之一的王世贞，他跟戚继光颇有交情，不乏唱和之作。一般文官都看不起武将，而王世贞那样的文坛领袖，却和戚继光订交文字，并且为其文集作序，可见其功力确非一般。

中国历史上的名将很多，但诗文行世至今的，大约只有岳飞跟戚继光二人。封侯非吾意，但愿海波平；一年三百六十日，多是横戈马上行；百战谁能宽束带，平生自慰有孤忠；江潭犹抱孤臣节，身世何须渔父谋。一片丹心风浪里，心怀击楫敢忘忧！其中的淋漓正气和雄健笔力，完全足以与岳飞的《满江红》比肩。

操守困境中的戚继光

可以肯定，戚继光给张居正送礼，花的不是自己的俸禄。那远远不够。如果女人也送过，那笔账肯定也只能记在蓟镇的军费开支上。张居正死后戚继光遭到弹劾时，罪名之一就是他任蓟镇总兵期间的账本丢失。离任审计找不到账本，恐怕远非管理不善或者领导责任可以推脱。毫无疑问，作为高级将领，戚继光并不廉洁。《万历十五年》的第六章是《戚继光——孤独的将领》，在这里，作者黄仁宇并没有追问戚继光的操守问题。他认为，"真正的历史学家应当有超越当时的看法。戚继光是一个复杂的人物，不能把他强行安放在道德构成的标准相框里。"

黄仁宇的这个观点颇有见地。现行的法律或者道德条文一方面具有当时合理性，同时又带着未来不合理性，因为它们终究要被新的思想、观念和律法取代。这是个发展的问题。在这种情况下，必然需要部分先知先觉冲破束缚。所谓大行不顾细谨，大礼不辞小让；如果一定要用时间的网羁縻一切，那么历史又如何迈开前进的脚步？

但尽管如此，这并不能解决本文开头的问题。也无法让戚继光走出操守有亏的困境。因此我认为，黄仁宇的观点还没有说到点子上。儒家长期统制下的中国，对礼法有一种病态的追求。内圣外王的标准被无限放大，恨不得加到全民身上，人人尧舜。这种追求虽然乖张，但没几个人敢冒道德上被孤立的风险而表示反对。结果造成几乎人人都表里两张皮。嘴上一套仁义道德，心里则另外有一套小算盘。水至清则无鱼。对名人绝对道德的潜意识苛求，造成道德标准本身被悬置虚化。如今社会性的诚信缺失，恐怕与之不无联系。当然，对于这种文化性格上的内外扭曲与割裂，我们早已习以为常，浑然不觉。谈迁在《国榷》中认为，"非戚将军附江陵（张居正）也，江陵自重将军耳。"在消解戚继光曲意逢迎张居正这事的负面影响上虽有用力过猛之嫌，但也不无道理。作为内阁首辅，自然希望边境安宁。嘉靖二十九年（公元1550年），蒙古鞑靼部兵犯大同，通过走严嵩高层路线而谋到宣大总兵职位的仇鸾束手无策，竟然贿赂鞑靼首领俺达，将祸水东引至京师。蒙古铁骑在京郊大肆抢掠烧杀，是所谓的"庚戌之变"。严嵩不敢派兵抵抗，只能听之任之，说什么"饱将自去，惟坚壁为上策"。其丑恶嘴脸，开了鸦片战争期间叶名琛在广州提出的"不战不和不降不守不走"无耻策略之先河。张居正一心要有所作为，自然不希望如此，肯定要倚重俞大猷戚继光这样的名将。且不说戚继光和张居正搞好关系，除了能巩固自身的官位，更大程度上还有利苍生黎民，哪头利益更大的问题，我们不妨问问，他的这个要求即便完全为了自己，又是否过分？以其干练将才与多年战功，即便要求从总兵的职位上继续攀登，也完全是合理要求。

但事情的要害远不在此。而在于这个完全正当的要求——保持职务和军事策略的连续性——为什么一定要通过非常的渠道去传达，以及那种非常渠道的利用率有多高，是否普及。而答案是显而易见的。那是彼此心照不宣的时代手法。就说俞大猷吧，嘉靖三十六年（公元 1557 年），他和戚继光跟随浙江总督胡宗宪进剿大海盗王直残部战败，胡宗宪推脱责任，上奏一本，说原因在于俞大猷作战不力，结果他被再次夺去世荫，捕拿下狱。最后只好通过好友陆炳的牵线搭桥送钱与严世蕃，才被释放到大同戴"罪"立功。从这个角度讲，戚继光比俞大猷更加悲哀，因为他要着力沟通的不是严嵩父子那般败类，而是张居正这样官声总体不错的改革家。当一个有为者不对一个更加有为的上级行贿就无法获得心理安全感的时候，我们除了对行贿者报以同情与理解，还能做什么呢。

不管什么时候，法不责众都应该成为公理，因为法若责众必然要引起全面的抵制而不得施行，这样的法存在与否效果完全一样；不管什么时候，如果一种非常现象已经普及成为正常，即便它极端错误，那么我们也无法从苛责个人入手予以解决。如果多数人都有同样的病症，那么病根就是当时的时代，要根治只能从整个时代着手。义正词严地责备别人自己固然能获得表面上的道德优越感，但完全无助于问题的解决，只能起反作用。因为人们为了消除道德上遭遇拷问的危险，只能选择隐瞒病情。所谓忌疾讳医。王小波说是沉默的大多数，而概率论告诉我们，应该是平常的大多数。出现海瑞那样的道德标杆与严嵩那样的巨贪的概率都很小，道德水平既不太高也不太低的概率最大。我们可以贬斥严嵩，但却无权要求别人作海瑞，哪怕他是戚继光。

与其说是我们在拷问戚继光的道德操守，还不如说是因为戚继光操守而引起的问题在拷问我们。那就是究竟应该如何看待他的行为。不过这其实是个伪问题。它之所以在形式上成为问题，是因为我们自己心虚。想承认他，又担心自己成为道德家的靶标。而在草根的民间，这样的问题显然并不存在。尽管《明史》白纸黑字记录着戚继光的劣迹，但几百年来的百姓并不理会，一直按照自己的理解予以尊崇。当然，史官也有史官的难处。他们也不敢随便冒道德上被责问的风险。至于心底里对戚继光行为的评价如何，还是按照我们已经习惯的嘴上一套心里一套的潜规则去理解吧。王世贞虽然把戚继光向张居正提供性贿赂的丑闻公之于众，不也同样与他诗酒唱和吗。

写到这里再想本文开头的问题，感觉还是无法找到答案。当时名将甚多，除了俞戚两位，还有汤克宽、李成梁等多人，而只有戚继光独享大名。戚固然在文韬武略上都有建树，但那恐怕依旧不足以作为独立的答案。难道他名气的获得，原因仅仅是超过俞大猷的"果毅"？果真如此，其果毅又表现在何处，总不能是他断然抛弃虚名而结交首辅的行为吧。我认为这是比较合理的解释：因为他高才大功且受争议，吸引到了足够的眼球，所以知名度上升；而大家对他的行为，心底里的认同多于排斥，是故。

第五辑

书房吃语

心灵的守望者

——读茨威格

手头上这套三卷本的《茨威格小说集》共收录了目前所能收寻到的全部28篇小说。其中有三分之一是首次向国内译介，包括他生前未曾发表的长篇小说《变形的陶醉》，另外三分之一对以往的译本作了较大的修订。对于想深入了解茨威格小说特色的读者来说，能拥有如此全面的范本无疑是件幸事。

在刚刚过去的20世纪，有3位作家被公认为中短篇小说大师，他们分别是俄国的契科夫、法国的莫里亚克和奥地利的茨威格。而作品译文的语种之多、销量之大，则以茨威格为最。茨威格素来以心理分析而著称于世。他经常采用上世纪初奥地利作家阿尔图尔·施尼茨勒创始、后来被乔伊斯、伍尔芙等大力发展的"内心独白"（即意识流）手法。然而本源虽然相同，但实际技法却有着天壤之别。乔伊斯、伍尔芙等人的意识流上穷碧落下黄泉，往往给人前言不搭后语的感觉，素以晦涩、费解闻名。而茨威格虽然有"意识"，但并没有"流"起来，或者说他一直让意识顺畅地流动，所以陌生的读者大可不必望而却步。

时代发展到今天，对于文坛的后继者而言，创新的压力越来越沉重。正因为如此，解构、消解、后现代以及种种先锋的辞藻一度甚嚣尘上。尽管那些口口声声先锋与后现代的人，未必知道先锋与后现代究竟为何物。作为小说习作者，如今我看小说的眼光也越来越挑剔。如果从个人的口味出发，我很想说我并不喜欢茨威格的小说。或者说他的那么多作品，只保留一两部代表作也就足够了。因为那种全知全能的视角或者说叙述角度，实在是多得令人生厌。尽管茨威格一直采用倒叙和第一人称来解决这个问题，但是篇篇如此也未免重复。心理是看不见摸不着的东西。它真实的流动过程即便用精密仪器也难以准确地表述，更何况苍白的人类语言。从这个意义上讲，小说家们都是知其不可而为之的勇士抑或徒劳者，捕捉心理可供他们选择的手法无非有二。一是用动作、身体语言和对话来表达，这跟舞台剧的手法近似，所表达的真实底蕴需要读者自己去揣摩去分析，因而显得含蓄；二是作家直接用语言来表述结论。茨威格主要采用的就是这个方式。为了使叙述显得自然，他一直采用第一人称和倒叙的形式，找一个理由或者场合，让主人公不打自招。有时觉得这种回忆多了，就干脆采用信的形式，比如那个著名的中篇《一个陌生女人的来信》。尽管这能在一定程度上缓解由于视角全知全能而造成的阅读疲倦感，但终究不能从根本上解决问题。

　　然而我不能拿时下的眼光和标准去苛求半个多世纪以前的茨威格。更何况什么是大师，所有能形成自己风格并且将其发挥到极致的，都是当之无愧的大师。而茨威格作为艺术大师的看家本领显然远不止这些。他的小说情节集中紧凑、高潮迭起，往往给人喘不过气来的感觉，只能尽快地读完。正因为如此，这三卷本我首先看了上、中两卷，下卷隔了很久以后才又捧起来。我实在难以忍受那种长期的阅读紧张。而这正是作家的成功之处。为什么能达到这样的效果呢？作家在《昨日的世界》中说："有时候人家称赞我的书节奏迅急、激动人心。这种特点绝不是来自我天然的热情和内心的激动，而完全是由于那种按部就班的方法，不断把可有可无的间歇和杂音全都删除。如果说我深谙什么绝技，那么这个绝技就是善于割爱。即使我写了1000页，结果有800页进了废纸篓，只有200页作为筛滤后的精华留下，我也绝不抱怨。"拿现在的眼光看，这种习惯于浓缩的方法又过时了，如今人们更喜欢的还是掺水稀释。短篇拉成中篇，中篇拉成长篇，以换取尽量多的银子。惟其如此，这种不惜割爱的浓缩才显得格外珍贵。

茨威格的小说经常关注那些被正常社会排除在外的畸零人。比如《一个女人一生中的二十四小时》中的赌徒，生前发表的唯一一部长篇小说《爱与同情》中的残疾姑娘艾迪特，《看不见的收藏》中双目失明的老收藏家，《心的沉沦》中那可能被人讥为高老头的可怜的老父亲，《马来狂人》中的社会渣滓式的医生等等。之所以如此，是因为他的泛爱思想，以及对整个人类社会的深切同情。这种广博的泛爱思想促使他在《爱与同情》中刻画了一个被视为勇士的懦弱者形象，也让他毕生充满反战思想，直至最终在新加坡陷落、世界正处于暗无天日的危险之中的二战期间含恨自杀。而他之所以能够如此细腻入微地刻画社会各个阶层的人物心理，大约也是以此为基础。因为他自觉不自觉地要为整个人类社会的心灵守望。

原罪与救赎

——黛莱达沉重的女性意识

爱与不爱，原本两人世界的简单问题，但在意大利著名女作家葛拉齐娅·黛莱达的笔下，却往往演化成为哈姆雷特式的难解疑问。女仆安内莎爱上了恩人家的少爷帕乌鲁，但这段情缘却遭到了封建家长制的代表祖阿大叔的极力反对。这不仅仅因为地位的差别，还因为安内莎已经同别人有婚约在先。祖阿大叔从反对他们的感情开始，到不肯对经济陷入极端困境的侄儿施以援手，彼此产生了尖锐的对立。在一个风雨交加的夜晚，安内莎用被子将久病的祖阿大叔闷死，并且顺利地逃脱了法律的惩罚。除掉了最大的障碍前途似乎应该一片光明，但没想到她又陷入强烈的良心自遣的泥淖之中，不得不从情人身边走开（《长青藤》）。玛利亚本来同英俊的佣人彼特罗相爱，后来理智逐渐战胜情感，使得她选择了一个丑陋但是富有的丈夫。彼特罗杀死情敌后，用偷牛作为资本的原始积累方式，最终也成了绅士，并且在玛利亚孀居 5 年之后向她求婚成功。然而他们仅仅如漆似胶、颠凤倒鸾地生活了一周真相随即败露，他们陷入了深刻的罪与罚的深渊之中（《邪恶之路》）。

黛莱达总是将爱情放在各种欲望和矛盾的旋涡之中，让它接受种种残酷的考验。最常见的是社会性的利欲，比如《邪恶之路》中的玛利亚与彼特罗；有时则是个人性格心理性的矛盾，比如《玛丽安娜·西尔卡》中的玛丽安娜与西蒙内。一个要保持高傲的自尊，一个舍不得久已习惯的自由，最终失之交臂。在旋涡之外做简单的道德评判、横加指责当然很容易，只有真正置身于旋涡之中，才知道要自持是多么的困难。黛莱达由此引出了自己最基本的艺术理念，那就是原罪与救赎。人都是有罪的，只有积极赎清自己的罪孽，才能获得良心的安宁和最终的幸福，正如安内莎那样。毅然离开是自我流放，也是自身的救赎；再度回到情人身边还是自我惩罚，因为此时的帕乌鲁贫病交加、落魄困顿，正需要别人的帮助。这种救赎有时开始于被迫，比如维尔迪斯神甫最初对安内莎的帮助与敦促；有时则是自觉志愿的，像萨丽娜在知道秘密之后从克里斯蒂亚诺身边的毅然决然逃离（《孤寂人的秘密》）。如此浓厚的宗教色彩在现代是不可想象的，但假如考虑到她那个年月在故乡撒丁岛中的社会背景，以及作家本人都因此而不能接受高等教育的现实，这一点也就很好理解了。

黛莱达很少将女性作为一级孤立、显眼地突出出来，甚至进而与另外一极对立。即便是在女性意识表现得最为浓厚的《玛丽安娜·西尔卡》中也是如此，正因为如此，她的女性意识是淡然的，更大程度上还是原罪与救赎的背景。而在原罪与救赎的主题之下，她对在各种欲望与矛盾纠结中不能自拔的人们也并不简单地大张伐挞，更多的时候都是用客观的笔调叙述出来，让读者自己评判。1926 年她获得诺贝尔文学奖时，诺贝尔基金会主席亨利·许克在授奖词中这样总结她的艺术特色："为理想所鼓舞的作品以明晰的造型手法描绘了故乡海岛的生活，并以深刻而同情的态度处理了一般的人类问题。"道理大概正在于此吧。我想。10 年前在大学里读她的作品，我为前半个理由而折服；如今在江湖中再读她的小说，则为后半个理由而感动。因为那种对人类而持有的悲天悯人情怀不仅仅是人道主义的理想，更是一种难得的终极意义上的大家胸襟。

真实的缩影

——读《裸者与生者》

时过境迁，第二次世界大战已经过去 50 年多了；经过这 50 年多的冷却与思索，人们对于这次大战中美军胜利的印象是不应该依然仅仅停滞在马歇尔的纵横捭阖、艾森豪威尔的大智若愚、麦克阿瑟的所向披靡以及巴顿的桀骜不驯这个简单的认识层面上的，美国作家诺曼·梅勒的成名作和代表作《裸者与生者》正好以文学的笔法给我们描绘了一个真实的缩影。这部小说虽然早在 1948 年就已经面世，但由于众所周知的原因，直到1986 年才由翻译家蔡慧介绍到国内来，而今又被上海译文出版社和卡夫卡的《城堡》、杜拉斯的《情人》等名著一道收入"现当代世界文学丛书"。

小说的背景是太平洋战争中一个虚拟的岛屿进攻战，即一个美军师进攻虚拟的安诺波佩岛。作者通过两条平行的线索来展开情节、描写人物，第一条是师长卡明斯少将与少尉副官侯恩之间的斗争以及战斗的前期准备过程，另一条则是师直属连侦察排的"当家"上士克诺夫特与手下士兵的斗争和一个希望极其渺茫的侦察任务。卡明斯将军风度翩翩、指挥才能和战绩都取得了众口一词的赞誉，是一个十分具有代表性的成功的美国将军形象。然而他虽然在和法西斯作战，自己却也是满脑子的法西斯思想，在他眼里，这场战争的最终目的并不是要消灭法西斯主义，而是要实现权力的重新分配和集中，换句话说实际上是要建立新的法西斯。他对人民群众极端蔑视，而对权力却崇拜到了极点，认为权力只能从高处顺流而下，"中途万一遇到小小的逆流，那就只有加大力量向下冲击，务必把一切阻梗彻底铲平"；克诺夫特虽然只是一个上士，却是卡明斯在底层士兵中的代表，他们二人之间存在一定的因果关系：克诺夫特是卡明斯的过去，而卡明斯则是克诺夫特在军队中得以存在并且步步高升的保证和原因。克诺夫特对上级的命令唯唯诺诺，但对手下的士兵却心狠手辣。他在排里飞扬跋扈、处心积虑地往上爬，同时权力的感觉病态地敏锐，排里的士兵绝大多数都对他十分恐惧或者敢怒而不敢言。

两条线索的思路无疑是好的，但如何将它们联结起来而不割裂情节却是一个难题，我们不妨看看作者的手段。侯恩少尉本来深受将军赏识，但由于他对将军的那一套心怀不满，最终发展到了直接向将军的权威挑战：他明知将军喜欢洁净，却故意将烟蒂扔在其帐篷的中央。对于这种明目张胆地向自己的权力和尊严"挑衅"的行为，将军当然难以容忍，正好他设想了一个十分艰难的侦察任务、而侦察排里又长期没有军官，于是将他调到侦察排里做指挥官，作者就这样将两条线索巧妙地联系在了一起；自己"当家做主"惯了，侦察排早已成为克诺夫特心目中的禁脔，侯恩的到来自然令他不快，但在他的心目中军官总是上级，顶撞上级不是士兵应该采取的态度，只好将不满闷在肚子里。尽管如此，对于权力的渴望终于超过他对上级应该采取的尊重和服从，于是指使手下谎报军情，导致侯恩中途毙命，自己终于又成了"当家"上士。

克诺夫特苦心经营的侦察任务让手下的士兵伤亡惨重、吃尽了苦头，结果却夭折于毒蜂的突然出现；将军小心谨慎、步步为营，胜利的到来却依赖于一场由一个平庸的参谋人员指挥的十分偶然的炮击，这样的结果无疑具有深刻的讽刺意义。如今阶级斗争不再被人关注，而一味揭露所谓的上层的黑暗其实也是阶级斗争的一个变种，因此如果作者的目光仅仅停止于此，那么它在许多人心目中的可读性和吸引力肯定要大打折扣，然而作者的笔触并未就此停滞：在小说中，侦察排里的士兵也没有多少闪光之处，布郎一味酗酒、满足于混日子，史坦利一心往上爬，威尔逊成天想女人，雷德虽然敢于顶撞克诺夫特，但最终也不得不屈服。在作者的笔下，按照人们通常的认知逻辑，颇有一点儿"洪洞县里无好人"的味道，因为作者本来就没有想把这些战士神化、也并不因为他们是二战的功臣而将他们无限拔高，小说是美国军队的真实缩影，推而广之，也是美国社会的一个缩影。

"人们的意识震慑于大规模的军事行动，就常常把规模之大与统帅们思想成就之大混为一谈。战争的历史表明，统帅们在突破防线的战斗中，在追击、迂回、包围战斗中，运用的并不是新的原理，他们运用的是尼安德特时代就知道的原理，而且可以说，这些原理就连那些包围牲口的狼和抵御狼的牲口都知道。"从小说的内容上看，作者是同意苏联著名作家瓦西里·格罗斯曼的这个观点的，因此即使没有书中巧妙的两条线索、如同特写和剪辑一般的"飞回到过去"以及细致入微的心理刻画和以此为基础的成功的人物形象塑造，仅仅就能够突破这个认知误区而言，在当代世界文学的橱窗里也具有它自己独特的存在价值。

神龙不见首尾

中学时期学过一篇语文课文叫《义理、考据、辞章》，其中有个重要的观点，即内容决定形式，形式服务于内容。这个传统观念直到现在还影响着我的行文。对此现代派小说家的态度肯定是嗤之以鼻。他们认为，叙述方式本身就是内容，因此叙述本身也是一场冒险。英国作家约翰·福尔斯的代表作《法国中尉的女人》大约能成为这种论点的一个有力论据。

福尔斯反对现实主义创作的"全知观点"，即"小说家仅次于上帝，他可能并不是无所不知的，但却要作出无所不知的样子"。他主张"给人物以自由"。基于这种思想，《法国中尉的女人》写了三种结尾。不仅如此，他还打破时空界限，自己以隐秘的方式介入小说中间，成为推动情节发展的力量之一。小说发表之后引起了很大的争议，反对者认为它"扼杀"了欧洲小说的传统，赞同者则认为这种方式并非简单地玩花活，更符合历史事件的发展规律。当然，随着时间的推移，赞同者的声音越来越大。

现代派先锋文学最大的障碍在于可读性。尤其患有强烈的时代焦虑综合症的中国小说家。他们为了创新而创新，弄得内容不知所云。据说还有如此空前绝后的高明创意，有人将报纸上的铅字单个剪下来混在一起，充分搅拌之后再随意拣起来，排成诗歌的样子，大作即告胜利竣工。这样的文学，要是能找到读者就奇怪了。而《法国中尉的女人》完全不是这么回事。除了形式上的三种结尾，小说内容更接近于传统的现实主义。它对维多利亚时代英国社会各个阶层的描述和议论，放在现实主义的小说中间也丝毫不显得单薄。实际上，我认为它只戴有一顶反传统的帽子，内容完全还是传统的。换句话说，这是创新与传统结合得比较好的一次成功尝试。

第一次看到《法国中尉的女人》是在大学的图书馆，而且还是英文原版。一看题目，第一感觉是与爱情有关，或者还带点桃色新闻的意思，正对青春少年的胃口，于是我——很不好意思，就将它顺了出来。窃书不算偷嘛。名义是要学英语。当然，直到现在我也没有读过。后来，1999 年的春天，我在上海书城看到了中译本，就是被百花文艺出版社收入《域外小说新译丛书》的眼前的这本。但因为是两个人合作翻译的，我对其翻译语言放心不下，没有买。前两天免费得了这本，一翻，还放不下了，一口气通读下去，丝毫没有阅读现代派先锋文学时的费劲与枯燥。之所以能够如此，除了因为部分现代派作品这两年给我的强制性阅读训练，主要还在于作者良好的现实主义式的描摹功底。这让我想起一个命题，那就是现实主义如同正楷，先锋以及其余各种各样的技巧则是行书草书或者狂草行草。没有过硬的楷书功底不可能写好草书，缺乏基本的写作功底就去玩先锋玩技巧，只怕也走不通。

作为小说习作者，小说给我印象最深的既非离经叛道的三种结尾，也不是作者的贸然介入。而是他对题目前半部分、也就是那个法国中尉神龙不见首尾式的处理。按照常理，瓦格纳先生无论如何应该露露面的，不管笔墨多少。但是从头到尾，他一直作为背景，存在于人们的言语之中。甚至随着时间的推移，对于他女主人公的说法还存在前后矛盾。这种做法，电影《大红灯笼高高挂》用过，我们一直没看到老爷的尊容；莫言的中篇小说《野骡子》也用过。这个人物虽然上了题目，但要想在文中找到她的身影也是徒劳。作者先在题目上故意诱导读者，读到最后才发现原来是个玩笑。如此处理，给文章增添了许多韵味。也许这只是一个小技巧，但却是个运用得比较巧妙的小技巧。一部小说只要能在一个地方给人留下深刻印象，那就无论如何也算不上失败的。

苦难的馈赠

——读毛姆

直到现在，我都想当然地认为英国现代著名作家威廉·萨默塞特·毛姆的成功得益于口吃这个生理缺陷。大约正是由于无法顺利地与旁人交流，他才不得不选择小说与剧本这个特殊的表达方式。人都是要表达点什么的，通俗的是口若悬河或者家长里短，特殊的则是艺术家，他们的工具不是舌头而是双手。因为表达欲望的强烈程度是一定的，在这个方面长点在那个方面就要短点，因此我几乎没听说过哪个成功的作家平时特别健谈。这固然证明了我的孤陋寡闻，但另一方面肯定也存在这样的普遍现象。

享年91岁的毛姆一生成果惊人，共著有长篇小说20部、短篇小说100多篇，剧本30个，另外还有游记、文艺评论和回忆录多种。上海译文出版社出版的毛姆文集一共收录了他的7个长篇，分别是《刀锋》、《剧院风情》、《人生的枷锁》、《月亮和六便士》、《卡塔丽娜》以及《兰贝斯的丽莎》、《别墅之夜》。在这些小说中，时时处处都能找到作家生活的轨迹，早年的苦难给他的创作打下了深刻的烙印，这在《人生的枷锁》中表现得最为明显。这部小说带有浓厚的自传色彩，是他最重要的著作之一。他先后两易其稿、酝酿构思长达十几年才写成，可谓呕心沥血，正如后来他对朋友说的那样："有教养的人们常常问我，'你为什么不再写一部《人生的枷锁》这样的小说呢？'我回答他们说，'因为我只有一次生命。我花了30年才收集到写这部小说所需的材料'"。

　　假如非要贴个标签的话，毛姆大致可以归入批判现实主义的类别，而这个流派的著名作家德莱塞也对他和《人生的枷锁》推崇备至，尊他为"艺术大师"，认为《人生的枷锁》是"天才的著作"。不过尽管如此，毛姆并不剑拔弩张，他总有一种超然于小说和读者之外的风度，通过冷静的笔触，尽量准确地刻画出自己所见所闻的社会现实。比如丽莎（见《兰贝斯的丽莎》），这个生活在贫民窟中的姑娘，注定只能拥有生活最简单的快乐，然而她的追求却依然没有结果，在情人的老婆打上门来之后，生病不治而死。导致这个年轻生命灭亡的最根本原因并非疾病，而是贫穷。尽管作家表现出来的这种类似"第三者"的角度和才能是我一向欣赏有加的，但是经过近百年时间的冲刷，再加上横亘在这其间的地理与文化上的遥远距离，小说所表现出来的维多利亚时代末期的苦难和社会问题已经难以引起我的共鸣，它们对于作为读者的我而言始终有些不痛不痒，而且60多万字的篇幅也未免有些拖拉；眼下最能打动我的，还是小说中不经意间流露出来的那个经典命题，即背叛与逃离。

　　思想者总是生活在痛苦的思索之中。几乎所有的思索都具有相同的基础，即对未知的本能式的追求，而追求本身即意味着对现行秩序现行文明的背叛，无论这种秩序多么合理，这种文明何等进步。思索的结果往往根本没有结果，菲利普（《人生的枷锁》）饱偿人间艰辛、历经世态炎凉之后，只能得出这样的结论：生活就像一条波斯地毯，表面看起来色彩斑斓眼花缭乱，但实质上却根本没有意义。拉里（《刀锋》）的境遇更具有哲学意义上的悲壮感和无奈感，这个参加过一战的美国飞行员被屠戮的场面震惊，从此陷入痛苦之中，因为他不知道人生的意义何在。他尽散家产，四处云游，最终在印度悟道。即便他所获得的是真正的"道"，也只是独善其身而已。

　　背叛是一种昂贵的投资，因为看不见具体的回报何在因而具有莫大的风险，正因为如此许多人都缺乏毅然逃离的勇气。玛丽（《别墅之夜》）可以爱上那个流亡学生歌手，但当他的出现真正威胁到自己的平静生活时，这个美丽的女人竟然能够凭着直觉与冲动式的勇气将他枪杀，朱莉娅（《剧院风情》）最终选择的也只能是果断地结束与汤姆的恋情。只有查理斯·思特里克兰德（《月亮和六便士》）这个以著名画家高更为原型的人物才具有舍弃一切的勇气，他不动声色地选择了艺术，然后不容质疑地逃离。正因为如此，作家通过种种常人难以察觉的手段，隐晦地表达出了自己对这个人物的赞赏。

我不知道毛姆如何究竟看待自己的口吃。但假如没有种种苦难的经历，就难以诞生《人生的枷锁》这样有影响的代表作是肯定的。正因为如此，本文的题目大约还够不上信口开河。

人性的光辉

——读《雷马克文集》

在如今这个价值与价格时常倒挂的时代，像上海译文出版社出版的《雷马克文集》在书店打对折这样的现象，估计大家早已司空见惯。尽管文集被半价处理，但埃里希·玛利亚·雷马克（1898～1970）在上个世纪世界文学史上的地位却不容抹杀。

雷马克一生共写了11部长篇小说和两个剧本。他右腕上有一道无法消退的伤疤，这是一战给他的"礼物"，在这场世界大战中他曾经先后5次负伤，正因为如此他对战争的残酷有着极其深刻的印象和认识，歌颂人性、反对战争成为这些作品中的永恒主题。说起反战，首先要提起的自然是《西线无战事》。这是他的第一部长篇小说，也是他的成名作。这部带有自传性质的小说以第一人称的叙述方式描写了在西线作战的德国士兵的战壕生活，以及他们所遭受的精神和肉体上的痛苦，淋漓尽致地表现了战争的残酷和恐怖，也揭穿了所谓德国士兵勇敢作战的谎言。作家告诉读者，战争的残酷不仅仅存在于枪林弹雨中间，也表现在严重的"战争综合症"上面：参加战斗的士兵精神支柱被打倒，出现信仰危机，因此与社会格格不入，苦闷、彷徨和迷惘的情绪成为沉重的精神压力，让他们难以释怀，作为社会个体的存在的最简单的快乐被无端剥夺（《西线无战事》的续篇《归来》）。

覆巢之下，岂有完卵。战争的机器一旦开动，不仅冲锋陷阵的士兵会死无葬身之地，即便是平民百姓也要被迫承受战争强加的恶果：难民流离失所，被迫在一个个国家之间流亡。他们不仅没有祖国，失去亲人，甚至连真正的名字也会慢慢消失。这时生活仅仅只是一种生理上的存在，他们作为社会个体的一切权利都被取消，连最起码的安全感都无从得到保障，这是一种什么样的痛苦（《流亡曲》、《里斯本之夜》）！战后通货膨胀，物价飞涨，民不聊生，规规矩矩的商人生意做得越多就越蚀本，因此一家家公司破产，一个个小人物忍饥挨饿甚至自杀（《黑色方尖碑》、《三个战友》）。关于战争的残酷，我国古诗中有这样的句子：劝君莫话封侯事，一将功成万骨朽；可怜无定河边骨，犹是春闺梦里人。诗句高度概括，本身都有经典的分量，但也正因为高度概括因而感染力与冲击力都受到了影响。正如干菜和被压缩过的程序，只有用水发开和解压以后才能可口或者正常工作。从这个意义上讲，雷马克的小说就是发干菜的水和解压程序的软件。

反战只是手段，维护人道主义、弘扬人性中的善良与美德才是作家的终极目的。正因为如此，尽管作品中有不惜陷害亲姐夫的纳粹党徒形象（《里斯本之夜》），但更多的还是人间的温情与善意。伦茨、克斯特尔和"我"只是战争期间的战友，战后却成了生死之交，彼此之间不分彼此、亲如兄弟。等"我"因为帕特的病情而陷入经济危机之后，克斯特尔不惜卖掉自己心爱的汽车卡尔，而在此之前，他们的修理场已经倒闭，卡尔是他最后的财产（《三个战友》）；难民是最卑贱、最不受重视的种群，在逃难的过程中间，不多的机遇面临空前的竞争，但即便如此，施丹纳还是想方设法地帮助寇恩和露丝（《流亡曲》）。说到这个，不能不提《凯旋门》中化名拉维克的医生和琼的爱情，那种相濡以沫的爱的确有生存需要、相互依赖的成分，但却是人性中善良与温情的最高境界。在如此恶劣的环境中还有这样的善良与温情，很明显有诗化和美化的浪漫成分，如果单纯从反战的角度出发是有削弱主题的嫌疑的，但如果考虑到文学的影响最终要通过审美而非审丑来实现，因此也有水到渠成的必然性。

　　雷马克的成名作是《西线无战事》，代表作是《凯旋门》，这两部小说的名气最大。但我认为从技巧上看最值得一提的却是《里斯本之夜》。这篇小说的时间限制在一个晚上，完全通过"我"和化名施瓦茨的约瑟夫的对话来展现情节，这种手法在世界文学史上非常少见，在笔者狭窄的阅读面中还是第一次，充分显示了作家对对话技巧的高度自信和圆熟掌握。当下国内文坛弱化对话的趋势非常明显，经常出现通篇没有冒号和引号的现象。这样做也许是求新情绪和因此对固定文本模式的反叛的结果，但对对话技巧缺乏自信恐怕也是一个重要的原因，至少笔者自己是如此。

　　人道主义是雷马克终身的立场。如果从文学即人学的层面来考证，那么这种立场应该是作家立场的最高境界。只有真正以人为本，对人类的存在以及他们面临的痛苦、遭遇的灾难怀有深切的设身处地的悲悯情怀，其作品才会具有不朽的内在质地。正因为如此，雷马克在国籍被剥夺、有国难返有家难归的险恶政治环境中，依然用手呵护那盏在肆虐的寒风里晃动的微弱的人性之光的努力，注定具有穿越时空的艺术生命力。

重温古罗马

提起古罗马，你首先想到的是什么？圆形大斗兽场？爱奥尼亚柱式？所向披靡的军团？雄才大略的凯撒，元老院，或者安东尼与埃及艳后的风流韵事？所有这些浮光掠影的印象，无疑都算正宗，但却无法拼起真正的古罗马。正如面对成堆的钧瓷碎片，如果没有一双专家级的巧手，无论如何也不可能复原。

钧瓷的问题请交给收藏家，古罗马的问题有人解决，他就是英国人纳撒尼尔·哈里斯。作为卓有成就的学者，他一生致力于古代文明的研究。希望出版社刚刚引进到国内的《古罗马生活》，就是他的成果之一。从城邦到帝国，由帝国而衰亡，古罗马的历史从公元前 8 世纪延续到公元 5 世纪，这段时间内，我国大致从东周过度到了南北朝。东周这个字眼对于许多人而言，也许过于陌生，那就不妨换个说法，春秋战国。可是对于春秋战国，我们又能有什么印象呢？《诗经》也好，《史记》、《战国策》也好，那里面的文章虽好，但多数人都有阅读障碍，要想真正了解当时的生活，那种困难，那种遥远和陌生，可以想见。在这个障碍的基础上再进一步，眼睛一抬，目光落到地球的另外一侧，想象中的隔膜，必然会出现几何级数的增长。

然而，这只是你的想象。就像学生面对刚刚发下来的试卷。通读完这本书，你就会发现，根本不是这么回事。有了作者的辛劳，我们得以越过发黄的典籍和史料，直接捕捉到当时的生活细节。那时人们的饮食，服饰，作息，节日，婚姻习俗，信仰，以及艺术创造，都有翔实的记录。

古罗马不再遥远。因为我们可以从中看到当下。对于铺张浪费公款吃喝，时下民愤极大，但无论怎么呼吁都不管用。古罗马时代，贵族的生活更加奢侈，有人形容是"吃了吐、吐了吃"。不过他们浪费的，都是私产，而非官费。但尽管如此，这种现象还是引起了当局的焦虑。他们通过了《娱乐开销限制法》，规定平常摆宴，客人不得超过 3 个，集市期间不得超过 5 人。既然有这样的专门规定，那就说明当时大宴宾客的现象非常普遍。

女人大约会喜欢古罗马时代。因为当时妇女的地位很高，很多方面都可以跟男人平等。他们执行一夫一妻制，严禁重婚。男人可以休妻，女人也可以要求离婚。对于财产分割，有这样的明确条款：女人一年内如果有 3 天不跟丈夫同居，就可以独立支配自己的财产。毫无疑问，绝大多数罗马妇女的财产独立，因为每月的例假，都是 3 天的倍数。也许妇女的地位天生就跟性开放程度成正比吧。当时的罗马，婚外情现象非常普遍，男女经常在浴场幽会。有个编辑曾经对我说过，现在男作家都在写偷情，女作家都在写离婚。看了这本书才知道，这种现象并非偶然，复古而已。

还能看到什么有意思的东西呢？这取决于你对什么感兴趣。相信所有喜欢历史的朋友都能从中有所收获。我反正知道，所向披靡的罗马军团，由 5500 名步兵和 120 名骑兵组成，小于我军和俄军师一级的建制，略大于美军团一级的建制，每名士兵每年的军饷是 480 罗马币，士兵的服役期最少 16 年，最多 25 年；我还知道，罗马人认为偶数不吉利，三或者三的倍数是吉祥数字。这也接近真正的中国特色，所谓一生二，二生三，三生万物。不过罗马人大约没读过《道德经》，他们喜欢三，只是因为美丽智慧三女神的缘故。

读书的姿势

因为写小说的缘故，半年来一直没有动手写随笔的冲动。今天读完明人张潮的《幽梦影》，却有了如鲠在喉不得不说的感觉。它让我想起一个很有意思的命题，那就是读书的姿势。或者说，以何种心态读闲书，才能找到乐趣。我喜欢斜靠在床上，打开台灯，在夜深人静时看闲书，《幽梦影》基本上都是这么读完的。事实上它也只能以这样放松的姿势阅读。因为房间小，今年夏天家里依然没挂蚊帐。尽管时时刻刻不忘围剿，但还是不能把蚊子赶尽杀绝。要命的是它们对我们的臭肉早已不屑一顾，只对儿子情独有钟。无奈之下，我只得等儿子睡着之后再打开台灯，等待蚊子现身，来一个杀一个。跟蚊子做这样的游戏本不好玩，但是这段时间却兴致盎然。原因吗，当然是因为《幽梦影》。只当读了好书，打蚊子是搂草打兔子，捎带着的营生。

我无法概括这本书的内容。这也正是它有意思的地方。花鸟虫鱼，经济文章，为人处世，经史子集，诗酒唱和，内容无所不包。每一段都不长，多者两百字，少的只有两句话，十几个字。虽然短，但因为凝结着作者的思考，包涵着他的才情，读来颇有意趣。如"文章是案头之山水，山水是天地之文章"，"楼上看山，城头看雪，灯前看花，舟中看霞，月下看美人，另是一番情境。""对渊博友，如读异书；对风雅友，如读名人诗文；对谨饬友，如读圣贤经传；对滑稽友，如阅传奇小说。""为浊富，不如为清贫；以忧生，不若以乐死"。"春雨宜读书，夏雨宜弈棋，秋雨宜检藏，冬雨宜饮酒。"等等等等。虽然未必是绝对真理，但颇足启发心智，常常让人耳目一新。尤其有意思的是，每段之后，都有作者朋友或者后学者的批注。或不以为然，或借题发挥，三三两两，不一而足。特别像什么呢，BBS 上的帖子。你发一个，他跟一个。斗嘴弄巧，好不热闹。涨潮九泉之下要是知道自己不经意间开启了如今网络留言的文风，想必会很自豪。

小资是个很时髦的词，但其内涵，似乎只限女性。那些与之相对的，衣食无虞又有点闲情逸致的男人，像我这样喜欢附庸风雅的，不知道该叫什么。《幽梦影》几乎可以说就是涨潮为这样的人群量身打造的。但它之所以能够面世，很大程度上还是因为稿费制度没有诞生。假如有稿费可以期待，无论像日本早期那样论页，或者我们现今这样论千字，恐怕都不会有这样短小精干的警句一般的闲书问世。作者至少要东拉西扯，将每一段都拉成一篇千字文，好去开专栏。不但要使劲拉，还要尽量分段，尽量多加标点。也就是说，现在我们之所以能以这样轻松的姿势阅读，是因为作者当初也是以这样轻松的姿势写的。

《宋稗类钞·豪旷》中记载宋代诗人苏舜钦（字子美）豪放不羁，有海量。曾边读《汉书》边饮酒，每读到得意处，即饮一大杯，每晚以一斗为限。当然，我得坦白，这个典故也是刚刚从《幽梦影》里知道的，现学现卖吧。我想，苏舜钦饮酒之前，肯定会大声叫好。我呢，既无他那样的海量，身边也少同好，缺乏高声叫好的语言环境。虽然不时有会心的一笑，但终究不过瘾。还是写出来吧，看看有没有同好注意到。所可恨者，已经没有了年轻时的记忆力，无法记住其中的许多妙语，写小说时好卖弄一二。

托木枪兵

看到这个题目，估计大家都会感觉一头雾水、不知所云。这不奇怪，因为我也是费了九牛二虎之力才搞明白的。

事情起因某出版社《域外小说新译丛书》中的苏联小说《暴风雨》。既然是"新译"，而且从版权页上看也的确是 1997 年 8 月的第一版，想来必然会有新的地方吧，一读果然如此，很快就出现了一个新词"托木枪兵"将我难住。拿着木头枪的战士？不像。我国的游击队倒是有这个光荣传统，"没有吃没有穿自有敌人送上前"嘛，好像小兵张嘎就是拿着木头枪缴获了真家伙的，但在二战的西方战场上还从来没见过这样的报道，即便是缩着脖子躲在马其诺防线后面的法军也不至如此。它在书中的出现频率相当高，想跳都跳不过去。读了不少外国小说，也穿过几年军装，自认为在理解上不应该有什么问题的，因此这个阅读障碍很让我上火，套用一句钱钟书先生在《围城》里说的话，就是"像饭里的沙砾或者出骨鱼片里未净的刺，会给人不期待的伤痛"。思来想去，读到三分之一的时候我终于明白它是"冲锋枪手"的意思。冲锋枪以前有个称呼叫汤姆枪，原因要么是一个叫汤姆的人发明的，要么由一个叫汤姆的公司最先生产。"冲锋枪手"翻译成"托木枪兵"，你说它多么令人耳目一新。类似的新颖之处书中还有不少，好在它们都还比较好懂，比如"专家"翻译成"专门家"，"通讯员"翻译成"通信员"，不像"托木枪兵"这样费解。

在封面、封底和版权页的署名上，都是"爱伦堡著、罗稷南译"。我越看越不对劲，找到"托木枪兵"的答案后再仔细寻找，终于在版权页的页眉处找到了蛛丝马迹，它的确是从英译本转译的。以前碰到这种情况都会注明，现在之所以要藏着掖着，看来还是有些心虚，否则书中注释里的那么多"未详"也无法向读者交代。

　　翻译如同翻拍和复印，每经过一次都会损失若干信息，复印到最后只能是黑糊糊的一团。有那么多的俄文翻译，小说本身又不是没有俄文版，为什么非得经过英语转译呢？我不明白。而且即便是翻译英语，译者的水平也很有限，这可以从"托木枪兵"和"专门家"这样生吞活剥的翻译中得到明证，我不理解的是这样的书最终如何通过的初审与终审。无论水平与细心，责任编辑都应该比我这个普通读者强些吧，为什么竟然视而不见呢？一定急着要赚些码洋，也应该将明显的漏洞补上吧。没有金刚钻还非要揽瓷器活，萝卜快了不洗泥，原因大抵如此。

　　以前看译本发现了许多值得信赖的品牌，比如傅雷的法译本，巴金、草婴、力冈、丽尼的俄译本，张若谷、张友松的英译本，高慧勤的日译本等等，近来市场上这样的品牌正在呈下降趋势，出现了许多不熟悉的名字，质量总是让人不敢放心。前些日子曾经看到过一本书《卑微的神灵》，是一个印度女作家用英语写的，据说语言很好，得过布克奖的。本来想买一本，但是翻译将我吓坏了：两个合作者中间一个是搞医的，发表过医学论文若干，另一个则是从文的。一看就是前后配合、粗细搭配的结构：干医的那位粗通英语，他先翻译出来，然后由搞文的那位加工润色。你说这样的译本如何阅读。

谁是多斯敦

最近这几年一直很少读新出版的翻译小说。上回的阅读，大约还停留在上海译文出版社的昆德拉系列，与浙江文艺出版社的奈保尔系列上。对于写作者而言，这当然不值得夸耀，实际上不过是无奈之举。我这个人，素来缺乏对大势与大局的判断，不喜欢任何热门，阅读也是，所以一贯落伍，这是其一；第二嘛，主要是对翻译缺乏信心。翻译如同复印或者照片翻拍，每经过一次都会损失信息若干，这是常识。时常碰到好几个人合作的译本，给人的印象不是艺术创作，而是打仗，还在走人多力量大的老路。这样的组合，好一点儿的每人若干章节，风格统一与否且不去管；差一点儿的更要命，一人硬译——不是直译，一人润色。如果再碰到从其他语种转译的译本，真叫人有火无处发泄。这种只能锻炼忍耐与涵养的痛苦，不要也罢。

因为朋友的推荐，刚读了一个叫卡勒德·胡赛尼的阿富汗裔美国人的作品，《追风筝的人》。这应该算是一部成长小说，尽管后面主人公、普什图族少爷阿米尔已经年近四十。因为他还没有走出童年情感负债的阴影，还在别人的推动下赎罪。赎罪的过程，自然就是成长的过程。他和哈扎族佣人的儿子哈桑一同长大，后者从各个方面帮助他，两人情同手足。由于父亲一直偏爱哈桑的勇敢，而不喜欢阿米尔的懦弱，因此他暗生嫉妒。直到出现那样的一幕：哈桑帮他追到风筝后，遭到几个流氓孩子的围攻。尽管哈桑曾经帮助自己摆脱过那几个痞子的纠缠，尽管哈桑追风筝是为自己争得荣誉，阿米尔还是没有挺身而出，而选择了悄悄逃跑。哈桑的隐忍让阿米尔绝望，最后只得将一些生日礼物与礼金偷偷放到哈桑房内，用污蔑其清白的方法，迫使他们父子俩离开。

应该承认，小说题目就不错，人物的戏剧性需求若隐若现。通读下来，作为处女作，也完全说得过去。读到一半，当你认为它不过如此，最多能加点众生平等之类的社会学意义时，小说又适时抛出一点儿新料。哈桑实际上是阿米尔同父异母的兄弟；到了最后，需要从阿富汗拯救哈桑的儿子时，前半部就埋伏着的一个线索又正好出场：主人公的妻子有个舅舅，在移民局工作。类似这样的安排，都是作者技巧成熟的表现。尽管严格说起来，那也无非是写小说的基本要求。所谓追风筝，源于阿富汗的一种风俗。孩子们斗风筝，以能用自己风筝线割断别人的风筝为胜。掉落的风筝谁追到就是谁的荣誉。这样的风俗我以前没听说过，西方读者估计也不了解。这些年来，阿富汗战乱频仍，至今尚未停歇，他们的生活对于读者而言，基本算是空缺。凡此种种，都是小说畅销的基础。

但尽管如此，还是要承认，这是没有难度的写作。最多只有用20几万字码出来的过硬的体力与耐心。我理解的好小说应该是这样的，它能让你思考，让你感觉有所收获，阅读起来不能那么顺畅，或者读完后多少有些不完全明白的地方。这是个悖论，类似特别好吃的东西——比如油炸食品——通常对健康有害，而对身体有益的东西往往不那么可口，极端则是良药苦口。掩卷之后，只有这一句的语言令我眼前一亮：但时间很贪婪——有时候，它会独自吞噬所有的细节。这对一部20多万字的小说而言，显然远远不够。

最后还是要说说翻译。译文比原著毛病更多一些。内中有"你有想过问他原因"之类的说法，此地并非娱乐圈，搬用港台腔的犹如西装革履洗海水澡；"嗑了毒品的"与"抓狂"的说法显然也是试图紧跟时代潮流，但是前者显然没有赶上时代节拍，据我所知，似乎只有"嗑药"的说法，要么就干脆是"吸粉"与"吸毒"，或者只用一个英语单词"high"。对于

high 而言，吸毒自是其有机成分。毒品还要"嗑"，确实不是西装革履洗海水澡，而是裤衩拖鞋参加宴会，尤其是在对一本书还有《七侠荡寇志》这种译法——我很排斥这个译法——的情况下。我猜译者的年龄应该在 50 岁以上，因为 40 岁以下的读者，估计都没有听说过《荡寇志》这本古书。这样一搅和，说好听点是有了历史纵深感，说不好听点则是大杂烩。

书中还有一些硬译的东西。比如这句："他们会开始寻找你。"怎么读怎么别扭；"阑尾炎"刚"割去"看起来是句俗话，割了也就割了，但"去抢救某个病患"的说法，若非编校错误，则有创新过头之嫌。最让人不满的，还是对人名的译法。一个人物被翻译成"拓敏妮"，"拓"与"敏"这两个都很少用于人名翻译，读起来很刺眼，完全可以规避；军阀杜斯塔姆（Dostum）被译成"多斯敦"，则真正让人抓狂。尽管对阿富汗近年来城头变幻大王旗的过程有所了解，也想不通这多先生到底属于哪一部分，直到看到原名。就翻译本身而言，他最后那个字母"m"有可能正常发音，也有可能不发音，没有发"n"的音的道理。也就是说，书中的译法有问题。话说回来，即便这个译法没错，以前国内报刊电台的翻译有问题，也应该将错就错，因为大家都已经接受，没必要较那个真。类似的例子很多，比如哲学家荣格，正确的译法就应该是"荣"，因为最后那个"g"并不发音。但尽管如此，也一直沿用至今。况且想那英文名字本来就是根据原文的法尔西余音译过去的，而"杜斯塔姆"的译法央视、《世界军事》等权威媒体早已使用，直接从阿富汗语言翻译过来的可能性更大，应该没多少问题的。

信手文字

——散文集《图上的故乡》后记

张锐强

这本薄薄的册子，可能还是叫随笔集更加合适些。里面的随笔含量其实要超过散文，不过目前也只好如此。

之所以这么较真，是因为如今散文的边界太过宽阔，已经到了泛滥的程度。而在我看来，散文和随笔还是有着比较明显的区别。总体而言，散文重情，随笔重理；散文轻灵飘逸更好，随笔凝重沉厚，方为正途。如果拿《诗品》的标准，那么散文应该是曹子建，"如三河少年、风流自赏"；随笔则是其父魏武帝，"如幽燕老将，气韵沉雄"。

还好，其中有几篇文章，尚不至于给散文丢脸，散文集就散文集吧。至于随笔，我倒是从来不缺乏自信。

如果确实有那么个文坛的话，我在其后排大约占着小说的名目。但我的起步，还是随笔与散文。1994年前后，刚刚经历不如意分配的我，精力无从发泄，由集邮而写邮市评论，面值不大的稿费单子前仆后继。现在回想起来，那实在是少有的幸福日子。本来么，尚未成家，经济压力就小，不是房奴也没有成为房奴的想法，偏偏压力小而来源多。钱其实不在多少，只在源源不断地来。书本语言，叫做为有源头活水来，换句时髦话，则是很有可持续性的样子。

然而后来我鬼迷心窍，一定要搞什么纯文学，结果没搞成，大约是被纯文学搞了，以致今日。

　　搞纯文学的起初，便是随笔和散文。断断续续写了四五年，名字经常被以黑体字印在报纸的副刊版面。那种感觉其实也不错。因为你可以确认自己没有浑浑噩噩浪费生命，至少每天都在做事，无论成绩大小。

　　这期间的文字，七八十万总有。但如今翻检出来，敢于示人的不多。结成如今这薄薄的一册，全当纪念那段年轻而幸福的时光吧。

　　是为记。